페인트

이희영 李喜榮

단편소설 「사람이 살고 있습니다」로 2013년 제1회 김승옥문학상 신인상 대상을 수상하며 본격적인 작품 활동을 시작했다. 2018년 『페인트』로 제12회 창비청소년문학상을 수상했고, 같은 해 『너는 누구니』로 제1회 브릿G 로맨스스릴러 공모전 대상을 수상했다. 그 밖에 지은 책으로 장편소설 『썸머썸머 베케이션』이 있다.

페인트

초판 1쇄 발행 • 2019년 11월 29일
초판 25쇄 발행 • 2024년 6월 17일

지은이 • 이희영
펴낸이 • 염종선
책임편집 • 정민교 정편집실
조판 • 박지현
펴낸곳 • (주)창비
등록 • 1986년 8월 5일 제85호
주소 • 10881 경기도 파주시 회동길 184
전화 • 031-955-3333
팩시밀리 • 영업 031-955-3399 편집 031-955-3400
홈페이지 • www.changbi.com
전자우편 • ya@changbi.com

ⓒ 이희영 2019
ISBN 978-89-364-5909-3 03810

이 희 영 　 장 편 소 설

페인트

창비

제누 301입니다

두 사람은 홀로그램 속 모습과 약간 달라 보였다. 여자는 피부가 어두웠고 남자는 눈가에 주름이 가득했다. 여자는 활짝 웃었고 남자는 인자하게 미소를 짓고 있었다. 토닥토 닥 어깨를 다독이는 가디의 신호에 나는 두 사람을 향해 꾸 벅 고개를 숙였다.

"안녕하세요."

"어머, 홀로그램과 똑같네. 아니, 훨씬 잘생겼다. 그런 데…….."

성큼 가까이 다가오는 여자에게서 나는 반걸음 뒤로 물 러섰다. 가디가 괜찮다는 듯 살며시 내 어깨를 잡았다. 여자는 무언가 기억해 내려는 듯 미간을 찌푸렸다. 분명 내 이름을 말하려는 것이겠지.

"제누 301입니다."

301은 뺄 걸 그랬나? 하지만 제누보다 '제누 301'이 더 정확했다. 전국에 수많은 제누들이 있지만, 301은 나만의 고유 번호니까.

"그럼, 너는 1월에 들어……."

남자가 쿡, 옆구리를 찌르자 여자가 황급히 입을 막았다. 나도 모르게 피식 웃음이 터져 나왔다. 가디가 큼큼 목청을 가다듬었다. 예의를 지키라는 신호였다. 실수를 한 건 저들인데 예의는 왜 매번 나만 지켜야 하는지 모르겠지만. 나는 입을 비죽이며 가디를 힐끗 보았다.

"앉아서 이야기하시죠."

가디가 중앙에 위치한 테이블로 정중하게 안내했다. 두 사람이 자리에 앉은 뒤에 나와 가디도 맞은편에 앉았다.

"차는 어떤 것으로?"

가디의 물음에 여자의 시선이 내 얼굴에 닿았다.

"뭐 마실래? 마실 것은 뭘 좋아하니?"

나는 여자에게서 고개를 돌려 가디에게 말했다.

"커피요."

자신을 무시했다고 생각했는지 여자의 얼굴에서 미소가 사라졌다. 남자가 과장되게 웃으며 어색한 분위기를 바꿔 보려고 했다. 아무리 생각해도 그는 꽤 노력파 같았다.

"그럼 우리도 같은 것으로 하죠."

가디가 고개를 끄덕이고는 테이블 위 벨을 눌렀다.

"커피."

낮고 차분한 목소리가 인터뷰룸을 울렸고, 곧이어 헬퍼가 커피 네 잔을 트레이에 담아 왔다.

"어머, 저렇게 큰 헬퍼는 처음 봐요."

"여긴 아이들이 많아서 일반 가정에서 이용하는 헬퍼로는 감당이 안 됩니다. 저희 NC 센터를 위해 정부에서 특별 제작한 헬퍼입니다."

가디의 설명에 두 사람이 고개를 끄덕였다. 나는 언젠가 스크린 광고에서 보았던 가정용 헬퍼를 떠올렸다. 미니 로봇이었는데, 아담한 크기에 색상과 디자인을 고를 수 있는 옵션 기능까지 있어서 하나같이 개성이 넘쳤다. 한때는 헬퍼를 사람과 똑같은 모습으로 만든 적이 있다고 한다. 하지만 사람과 너무 닮은 헬퍼에게 사용자들은 예상치 못하게 거부감을 일으켰다. 인간과 너무 닮은 인간 아닌 존재에게 갖게 되는 혐오감이라고나 할까. 그 후로 로봇 회사들은 조금씩 디자인을 단순화해 왔다. 요즘 헬퍼들은 인간의 모습과 육십 퍼센트 정도 닮은 모습으로 제작되었다. 누가 봐도 로봇 그 이상은 아니었다.

여자가 마시던 커피를 테이블 위에 내려놓았다. 탁 소리가 좁은 인터뷰룸을 울렸다. 여자가 마주 앉은 가디를 바라보았다.

"오랜 희망이었어요. 이곳의 문을 두드릴까 몇 번이나 망설였는데, 용기가 나지 않았어요. 가디님도 아시겠지만, 좋은 부모가 된다는 건 어려운 일이잖아요. 정말 내가 훌륭한 엄마가 될 수 있을까? 몇 번을 고민하고 심사숙고한 끝에 열심히 노력해 보자, 가여운 아이에게 따뜻한 가정을 만들어 주자, 그 일념 하나로 왔습니다."

내가 커피 잔 너머를 힐끗거리지 않았다면 여자가 남자의 옆구리를 찌르는 것을 눈치채지 못했을까. 남자가 허허 소리 내어 웃었다.

"젊었을 때는 몰랐는데, 나이를 먹고 보니 두 사람만 사는 집이 적막하더라고요. 나도 남들처럼 아들과 여행도 다니고, 낚시도 하면 얼마나 좋을까 싶은 생각이 들어서."

마치 상품을 꼼꼼하게 살피듯 남자가 내 얼굴을 뜯어보았다.

"나는 네 홀로그램을 본 순간 심장이 철렁 내려앉았단다. 아, 이 아이구나 싶었지. 세상에! 이렇게 훤칠하고 잘생긴 아이가 여태껏 가족을 찾지 못했다니. 그 생각만으로도 가슴이 아파서……."

여자는 손끝으로 눈물을 찍어 내기 시작했다. 나는 어금니를 깨물었다. 당장이라도 하품이 나올 것만 같았으니까. 흘낏 내 눈치를 살피는 가디의 얼굴이 한겨울 새벽 풍경처럼 싸늘했다. 그가 내 마음을 읽은 듯해 다행이었지만 한편으로는 조금 미안한 생각도 들었다.

"우리, 밖에 나가서 잠깐 산책이라도 할까? 날씨도 좋은데. 그래야 서로……."

"안 됩니다. 오늘은 간단히 소개 인사만 하실 수 있습니다."

가디가 차가운 목소리로 여자의 말을 날렵하게 베어 냈다. 이럴 때는 가디의 고리타분한 원칙주의가 고맙게 느껴졌다. 애써 웃고 있지만 여자의 두 눈에는 아쉬워하는 기색이 역력했다. 가디가 일어서자, 두 사람도 어쩔 수 없다는 듯 자리에서 일어났다. 나는 최대한 예의를 갖춘 태도로 NC 센터를 찾아온 이 프리 포스터(pre foster)들을 향해 고개를 숙였다.

"안녕히 가세요."

"한번 안아 주고 싶은데."

"아직 신체 접촉은 불가합니다."

원칙을 중요시하는 가디의 성격이 한 번 더 발휘되는 순간이었다.

"여기 나가자마자 또 보고 싶을 것 같아. 우리, 꼭 다시 보자."

나는 대답 대신 희미하게 미소 지었다. 두 번 다시 이들을 볼 일은 없을 것이었다. 두 사람이 방을 나서기가 무섭게, 헬퍼가 들어와 커피 잔을 치웠다. 가능하다면 나도 당장 이 빌어먹을 인터뷰룸에서 치워 줬으면 싶었다.

"고생하셨습니다."

문 쪽으로 돌아서는데 등 뒤에서 가디의 목소리가 날아들었다.

"제누 301, 올해 몇 살이지?"

몰라서 묻는 것은 아니겠지. 그래, 순순히 보내 주면 박, 아니, 가디가 아니지. 아이들을 통솔하고 보호자 역할을 하는 사람들을 '가디언'이라고 하는데 우리는 줄여서 '가디' 라고 불렀다. 또한 가디들이 숫자를 붙여 우리를 부르듯 우리는 가디를 성으로 불렀다. 우리로서는 가질 수 없는 그 잘나 빠진 성 말이다. 하지만 부모 면접을 진행할 때에 나는

12

가디들에게서 이상한 거리감을 느끼곤 했고, 물론 공적인 자리이기도 했기에, 가디를 성이 아니라 딱딱하게 '가디'라고 불렀다. 특히 박에게는 더욱 그렇게 되었다. 나는 천천히 몸을 돌려세웠다.

"열일곱 살요."

대답은 해야 했다. 그게 이곳의 규칙이니까.

"이제 센터에서 남은 시간은 고작해야……."

"삼 년. 정확히는 이 년 하고 사 개월인가요?"

가디가 피곤한 듯 두 손으로 얼굴을 쓸어내렸다.

"너, 그게 무슨 뜻인지 알고 있어?"

"제 ID 카드에 평생 NC의 꼬리표가 따라다닌다는 뜻이죠."

"상관없다는 투로 들리는데."

상관없다는 뜻은 아니었다. 평생 NC의 낙인 아래 살아간다는 건 분명 힘든 일일 테니까. 성인이 된 후 이곳을 벗어난 사람들이 어떤 차별 속에 사는지 익히 들어 알고 있었다. 그 때문에 NC의 아이들은 부모 면접을 통해 서둘러 센터를 떠나려고 한다. 물론 마음씨 좋은 새 부모 밑에서 행복하게 살아가는 애들도 있지만, 대부분은 서로가 서로에게 필요한 것을 취하며 가족이라는 그럴싸한 가면을 뒤집어 쓴 채 살아간다.

나는 가디의 창백한 얼굴을 똑바로 마주했다.

"저분들, 빚이 많나요?"

물끄러미 나를 보던 가디가 나직이 한숨을 토해 냈다.

"최가 얘기했나?"

혹시나 싶었는데, 역시나였다. 이제 사람 얼굴만 봐도 알 수 있었다. 일을 안 하는지, 불어난 빚 때문에 문제가 있는지, 아니면 어느 날 문득 준비 안 된 노후로 발등에 불이 떨어졌는지 말이다.

"아니요, 전혀."

가디는 걱정스러운 표정으로 나를 보았다. 그것으로 충분했다. 굳이 최가 말해 주지 않았더라도 저 두 사람을 본 순간 느낄 수 있었다. '우리는 정부 지원금이 간절하단다.' 소리 없이, 그러나 아주 노골적인 표정으로 말하고 있었다.

성큼 가까이 다가온 가디가 한 손으로 내 어깨를 움켜잡았다.

"제누 301."

나는 아무 대답도 하지 않았다. 굳이 그럴 필요가 없다고 생각되었다.

"NC 출신으로 살아간다는 건 네가 생각하는 것보다 훨씬 어려운 일이다."

"말도 안 되는 부모 밑에서 살아가는 게 더 어렵죠."

가디의 길고 풍성한 속눈썹이 가늘게 떨렸다.

"고생하셨습니다."

다시 한 번 말하고 나는 문을 향해 걸어갔다.

"너도 수고했다."

등 뒤에서 가디의 목소리가 들렸다. 나는 대꾸하지 않고 인터뷰룸을 빠져나왔다.

센터에서 나오자 눈앞으로 너른 운동장이 펼쳐졌다. 운동장 너머로 학교와 숙소 건물이, 그리고 돔 모양의 지붕을 얹은 강당이 보였다. 사방 어디든 초록의 숲이 빽빽하게 펼쳐져 있었지만 누구도 저 숲을 진짜라고 믿는 사람은 없었다. 홀로그램일 뿐이니까. 저 푸른 숲은 높다란 담장에 불과했다. 나는 고개를 들어 푸른 하늘을 올려다보았다. 저 하늘은 진짜일까? 싱거운 생각이 들었다.

NC 센터는 한국 전역에 퍼져 있었다. NC 센터는 크게 세 곳으로 분류되었다. 갓 태어난 아기들과 미취학 아동을 관리하는 퍼스트 센터, 초등학교 입학 후 열두 살까지 교육하는 세컨드 센터, 그리고 열세 살부터 열아홉 살까지 부모 면접을 진행할 수 있는 라스트 센터. 나 역시 퍼스트, 세컨드 센터를 거쳐 이곳으로 보내졌다. 이곳은 '라스트(last)'라는 말뜻 그대로 NC 센터에서 지내는 아이들이 마지막으로 거쳐 가는 집이라 할 수 있었다.

나는 운동장을 가로질러 터벅터벅 숙소로 걸어갔다. 몇 걸음 옮기는데 손목에 찬 멀티워치에 불이 들어왔다. 화면을 터치하기 무섭게 눈앞에 홀로그램이 떠올랐다. 가디에게서 온 통신이었다. 손가락으로 영상 차단을 터치하자 홀로그램이 꺼지는 대신 목소리가 흘러나왔다.

"왜 무빙워크로 이동 안 하지?"

"버그 드론이라도 떴을까 봐요?"

나비와 무당벌레, 벌과 잠자리 같은 곤충 모양의 드론이 가끔 NC 센터에 날아들었다. NC 바깥의 사람들은 우리의 존재를 궁금해했으니까. 개중에는 우리가 불법적으로 신분 세탁을 한다며 우려의 목소리를 높이는 사람들도 있었다. 무지한 이들은 NC 센터가 무슨 범죄자들을 가두어 놓는 감옥이라도 되는 줄 아는 모양이었다. 물론 우리는 어른이 되기 전에 이곳을 벗어날 수 없으니, 감옥이라면 감옥인지도 모를 일이지만.

NC의 아이들 대부분은 건물과 건물 사이를 무빙워크로

이동했다. 몸소 운동장을 가로지르는 것보다 편리하고 빨랐지만 때로는 이유 없이 걷고 싶을 때가 있었다. 바로 지금이 그랬다. 부모 면접이 끝나면 나는 늘 혼자서 멍하니 운동장을 가로질렀다.

"제누 301."

"네."

"몇 점이었나?"

"15점."

눈물 연기는 제법 리얼했지만.

"생각보다 후한 점수군."

귓가에 가디, 아니, 박의 나직한 웃음이 들려왔다. 나는 차단했던 영상을 다시 허공에 띄웠다. 벽에 비스듬히 기대어 있는 박의 모습이 나타났다. 나는 딱딱하게 굳은 표정으로 그의 짙은 암갈색 눈동자를 노려보았다.

"그렇게 잘 아는 분이 싫다는데 왜 억지로 페인트를 진행시켜요?"

박이 다소 미안한 표정으로 가볍게 어깨를 들썩였다.

"나도 어쩔 수 없었어."

손가락으로 콕콕 하늘을 가리키는 박을 보니 무슨 뜻인지 알 것 같았다. 아무리 이곳의 센터장이라지만, 그 역시 윗선에서 시키는 대로 해야 하는 공무원이었다. 영상을 지워 버리자 팟, 소리와 함께 통신이 끊겼다. 물론 박의 마음을 모르지 않았다. 센터장인 그는 누구보다 이곳의 아이들을 아끼고 사랑했다. 무뚝뚝하고 까칠하긴 해도 그만큼 아이들을 위하는 사람도 없을 것이다. 이곳의 다른 가디들 또한 모두 아이들에게 헌신적이었다. 한 명의 아이라도 더 좋은 부모를 만나게 해 주려고 노력했고, NC의 꼬리표를 지워 주려고 노력했다. 사회에서 차별받지 않기를, 편견에 찬 시선에 노출되지 않기를 바랐다. 고마운 일이었지만 한편으로는 답답했다. 나는 긴 한숨을 내쉬었다.

생활관 앞에 도착하자 도어록 센서가 얼굴과 홍채를 스캔했다. 뒤이어 음성 인식 버튼에 불이 들어왔다.

"제누 301."

삐빅 소리와 함께 문이 열렸다.

"보안."

안으로 들어와서 나도 모르게 습관적으로 보안 기능을 작동시켰다. 문이 닫히고 특수 합금으로 된 철문 가운데가 스르르 유리처럼 투명하게 변했다. 밖에서는 안을 볼 수 없지만 안에서는 보안 기능을 작동시켰을 때에 한해 짧은 시간 밖을 볼 수 있었다. 시스템 도어 기능으로, 신소재를 이

용해 개발한 기술이라고 했다. NC 센터뿐만 아니라 일반
가정에서도 시스템 도어는 널리 사용되었다. 나는 힐끗 문
너머를 보았다. 역시나 늘 똑같은 풍경이었다. 투명한 문이
다시 스르르 원래대로 돌아왔다.

긴 복도를 지나 나는 방으로 걸었다. 방에 들어서자마자
아키가 번쩍 고개를 들고는 한달음에 달려왔다.

"형, 페인트 했어?"

잔뜩 흥분한 아키를 피해 나는 풀썩 침대에 누웠다.

"블라인드 내리고 취침등."

내 말에 블라인드가 내려가고 취침등이 켜졌다. 아키가
잔뜩 못마땅한 얼굴로 흥 콧방귀를 뀌었다.

"불공평해. 왜 형 목소리만 등록되어 있지? 나는 일일이
리모컨을 눌러야 한다고. 그리고 나 아직 안 잘 거야."

"각 방마다 연장자 순으로 등록, 몰라? 안 잘 거면 나가서
놀아."

"그러지 말고 얘기 좀 해 줘. 어떤 사람들이었어? 마음에
안 들어?"

나는 반쯤 멍한 시선으로 아키를 보았다. 아키는 10월에
센터에 왔다. 그래서 아키가 되었다. 우리의 이름은 모두 영
어의 열두 달에서 따왔다.

1월에 센터에 들어온 아이는 남자는 제누, 여자는 제니였다. 이와 같은 방식으로 6월은 준과 주니, 7월은 주노와 줄리, 10월은 아키와 알리, 11월은 노아와 리사…….

중요한 것은 이름 뒤에 붙는 숫자였다. 전국에는 나와 같은 제누들이 많지만 그중에서 301은 오직 나 하나였다. 아키는 505번째였다. 아키 505. 아키는 이곳에 온 지 육 개월밖에 되지 않았다.

"혀엉, 응? 어땠어? 나도 곧 할 수 있을까, 페인트?"

나는 멍하니 아키를 쳐다보았다.

"너는 부모를 만들고 싶어?"

아키가 당연하다는 듯 고개를 끄덕였다.

"좋지 않을까? 사회에 나가기도 수월하고."

아키의 말은 사실이었다. 우리는 부모를 선택해 가족을 이루어야만 혜택들이 주어졌다. 물론 우리를 키우려는 사람에게도 그에 따른 여러 혜택이 생겼다.

"나, 준이랑 놀다 올게. 체육관에서 윈드 보드 타기로 했어."

"준 406?"

"아니, 준 203. 왜 준이 유독 많은 걸까? 여자애들이 생활하는 센터G에도 주니가 많다던데."

왜일 것 같냐? 되물으려다 그만두기로 했다.

"조심해서 타. 또 균형 잃어서 떨어지지 말고. 보호 장비 잘 착용하고."

"애들이 형보고 뭐라는 줄 알아?"

나는 힐끗 아키를 보았다.

"뭐라고?"

나의 말에 녀석이 눈썹을 씰룩거렸다.

"반가디. 형은 점점 가디처럼 말하잖아."

아키가 쪼르르 방을 나갔다. 반가디라. 나는 침대에 누워 멍하니 천장을 바라보았다. 눈을 감자 부담스럽게 웃음을 터뜨리던 남자가 떠올랐다. 뭔가 잘못된 것 같다. 그런데 도대체 무엇이 어떻게 잘못된 건지 명확하게 알 수 없었다. 하긴, 정답이라는 게 과연 존재할까 싶었다.

아이 낳기를 기피하는 사람들은 점점 늘어만 갔다. 정부가 출생을 장려하기 위해 여러 지원책을 펼쳐 보아도 소용없었다. 시간이 지날수록 상황은 복잡해졌다. 정부는 결국 새로운 길을 찾았다.

"이제 아이는 국가에서 책임지고 키웁니다."

단순히 양육 보조금을 지급하겠다는 뜻이 아니었다. 말 그대로 정부에서 직접 아이를 맡아 키우겠다는 의미였다. 부모가 낳은 아이를 키우기 원치 않을 때 정부에서 그 아이를 데려와 키우는 방식이었다. 그렇게 NC 센터가 세워졌고, 우리는 국가의 아이들(nation's children)이라고 불렸다.

손목에 찬 멀티워치가 울렸다. '제누 301, 상담실로.' 나는 상체를 일으켰다. 노을이 지는 복도에서 아이들의 웃음소리가 울렸다. 헬퍼가 바닥을 청소하며 지나갔다. 나는 약간의 어지러움을 느끼며 복도를 걸었다.

상담실 문을 열자 테이블 너머에 최가 앉아 있었다. 최는 남자아이들이 생활하는 센터B의 유일한 여성 가디였다.

"이번 면접 때 커피 마셨지? 그래서 쿠쿠아르 준비했어."

내가 인터뷰룸에서 무얼 마셨는지 알아내는 건 일도 아닐 것이다. 헬퍼의 데이터베이스를 통해 기록을 한눈에 볼 수 있으니까.

"어땠어?"

"박이 얘기 안 했어요?"

최가 대답 대신 옅은 미소를 지었다.

"너에게 직접 물어보라던데. 알잖아, 얼마나 입이 무거운 사람인지."

반드시 입이 무거울 것. NC의 가디들이 지켜야 하는 중요한 원칙 중 하나였다. 어떤 아이도 외부에 함부로 노출되어서는 안 되었다. NC 센터에서 생활하는 모든 사람에게 적용되는 첫 번째 철칙이었다.

"15점이에요, 100점 만점에."

피식 웃는 것을 보니 최 역시 두 사람이 썩 마음에 들지 않은 모양이었다.

"네가 준 점수치고는 후한걸?"

이렇게 사람들이 나를 속속들이 알고 있는 걸 보면 내가 이곳에 오래 있기는 한 것 같았다.

"그 사람들 속셈이야 뻔하죠. 갑자기 빚이라도 졌나?"

심드렁한 나의 말에 최가 얼굴에서 웃음기를 거두었다. 나는 말을 멈추고 따뜻한 코코아 한 모금을 마셨다. 코코아는 이곳을 찾는 프리 포스터들의 미소와 닮았다. 적당히 따뜻하고, 지나치게 달았다.

"제누, 꼭 정부의 혜택을 받기 위해서 그들이 NC를 방문하는 건 아니야."

"모든 아이들이 꼭 부모가 필요한 건 아니듯이요?"

"너는 멋지고 똑똑한 아이야. 공부도 얼마든지 계속할 수 있어."

"그러기 위해서는 부모가 필요하다는 말이죠? 그런데 전

열일곱이에요. 이 나이에 생판 모르는 사람을 엄마 아빠라고 부르면서 함께 살라고요?"

최가 천천히 커피 잔을 들었다가 다시 탁 소리가 나게 테이블에 내려놓았다. 차가운 정적이 감돌았다. 잔을 주시하던 최가 나직이 입을 열었다.

"그게 꼭 나쁜 거니?"

나는 최의 눈을 보았다.

"열일곱에 부모를 만나면 안 돼?"

"가디."

"태어날 때 만나야만 부모니? NC의 아이들은 모두 열세 살 때부터 부모를 가질 수 있어. 그게 무슨 뜻인지 알아?"

"우린 버려졌다는 뜻이죠."

내가 어깨를 으쓱하자 최의 눈에 서늘한 빛이 스쳤다.

"너희는 바깥세상 아이들과 달리 부모를 선택할 수 있는 아이들이야."

"······."

"부모가 될 사람의 면접을 볼 수 있고. 물론, 15점짜리를 부모로 선택하기는 싫겠지."

최의 말은 사실이었다. 우리는 부모가 될 사람의 면접을 볼 수 있었다. 면접에서 좋은 인상을 받거나, 이 사람이면 괜찮겠다 싶으면 추가로 두 차례 더 면접을 진행했다. 물론 원한다면 합의하에 더 만날 수 있었고, 홀로그램 영상도 주고받을 수 있었다. 그 후에는 NC 안의 합숙소에서 한 달간 함께 생활했다. 그 기간까지 무사히 마치면 드디어 NC에서 나와 부모의 집으로 향할 수 있었다. 스무 살이 되기 전까지는 가디들이 주기적으로 찾아와 생활이 어떤지 체크했다. 만족도를 조사하고 아이의 신체적, 정서적 상태를 살폈다. 그 때문에 우리를 데려온 부모는 끊임없이 관찰하고 공부해야 했다. 우리가 무엇을 좋아하고 무엇을 싫어하는지, 힘든 점은 없는지. 그래야 가디들이 찾아왔을 때 적절한 대답을 할 수 있으니까.

"하지만."

최가 머리를 쓸어 넘겼다. 창밖이 어두워지자 조명이 자동으로 환하게 불을 밝혔다. 센서에서 불이 들어왔고 상담실의 온도와 습도가 조절되었다.

"15점짜리 부모 밑에서 어쩔 수 없이 살아가는 아이도 있어."

최는 우리들에 대해서 누구보다 잘 파악하고 있었다. 터치 한 번이면 빼곡하게 기록된 아이들의 정보를 열람할 수 있었다. 센터 입소 날짜, 신체 지수, 성격과 성향 등등을.

하지만 우리는 가디에 대해서 잘 알지 못했다. 이름조차 몰랐다. 그들은 단지 성씨로 존재했고 그게 진짜 성인지도 확신할 수 없었다. 이들은 그저 우리를 보호, 관찰하고 우리에게 부모를 만들어 주는 '가디언'에 불과했으니까.

나는 최가 어떻게 살아왔고, 왜 가디가 되었는지 전혀 알지 못했다. 뭔가 불공평하다는 생각이 들었지만 한 번도 그런 관계에 반박하지 못했다.

센터 전체에 저녁 식사를 알리는 벨이 울렸다. 차갑게 굳어 있던 최의 얼굴에 다시 부드러운 미소가 번졌다.

"그 사람들은 사실 나도 마음에 들지 않았어. 속이 훤히 보였거든. 박이 왜 그 사람들에게 너를 추천했고, 싫다는 너에게 억지로 면접을 진행시켰는지 알아?"

가디는 웃었지만 나는 썩 웃을 기분이 아니었다.

"이 센터에 열일곱이 몇 명 없잖아요."

열일곱 살이 되기 전에 대부분의 아이들은 부모를 만나 NC를 떠났다. 그래야 센터의 실적도 올라갔다. 그녀가 후후 가볍게 웃으며 잔을 들어 올렸다.

"순진한 애들 보호하려고."

보충 설명이 필요하다는 투로 내가 두 눈을 깜빡이자 최가 빠르게 덧붙였다.

26

"어리숙한 애들에게 면접을 보게 해 봐. 마냥 좋다고 다음 인터뷰도 오케이 하겠지. 너 정도는 돼야 한눈에 그런 사람들을 알아볼 거 아니야. 그 사람들, 퇴짜 맞았으니까 당분간 NC 출입은 금지야. 워낙 입이 가벼워 보여 좀 걱정이다만, 서약서에 사인은 했으니까. 워낙 실적 압박이……."

그렇게 말하던 최가 아차 싶은 표정으로 아랫입술을 깨물었다. 그제야 나는 박이 했던 "수고했다"라는 말의 의미를 눈치챌 수 있었다. 그래, 만약 아키 같은 녀석이 면접을 봤다면 흔쾌히 다음 인터뷰도 승낙했을지 모른다. 역시 박은 노련한 가디였다. 센터장은 아무나 오를 수 있는 자리가 아니었다.

"밥 먹으러 가자."

"생각 없어요."

최를 따라 일어서면서 나는 말했다.

"너, 요즘 먹는 게 부실해."

"지난달 보디 체크에서 상위 십 퍼센트 안에 들었는데요."

많은 아이들이 생활하는 센터였다. 누구 하나 감기라도 걸리면 바이러스는 빠르게 퍼져 나갔다. 그런 이유로 우리는 매달 보디 체크를 받아야 했다. 키와 몸무게, 시력과 청력, 혈액과 체지방까지 꼼꼼하게 검사했다. 평균에 못 미치는 허약 체질과 평균을 웃도는 과체중인 아이들에게는 곧바로 식단 조절과 더불어 운동 처방이 내려졌다. 외부 사람들의 우려와 달리 우리는 센터에서 너무 잘 먹고 잘 자고 잘 자라고 있었다. 우리는 소중한 '국가의 아이들'이니까.

나는 상담실을 나와 방으로 돌아왔다. 멀티워치를 켜서 허공에 홀로그램을 띄웠다.

"스크린."

그 한마디에 하얀 벽에 화면이 떠올랐다. 흑백의 고전 영화가 방영되고 있었다. 오래전에는 집집마다 TV라는 것이 한 대씩 있었다는데, 불편하지 않았을까. 이렇게 멀티워치 하나로 빛을 쏘아서 볼 수 있는데.

"채널 변경, 오 초."

말이 끝나기가 무섭게 채널이 돌아갔다. 그러나 대부분 지루하고 시시한 방송뿐이라, 나는 곧 스크린을 꺼 버렸다. 화면이 사라지자 눈앞은 다시 하얀 벽이었다. 나는 침대에 털썩 누웠다.

부모가 키우기 원치 않는 아이인 경우 국가에서 운영하는 메디컬 센터에서 아이를 낳고 그와 동시에 NC 센터에 맡겼다. 그런 부모들이 늘면서 당연히 NC에도 아이들이 늘었다.

설립 당시부터 NC 센터에 대한 찬반양론이 팽팽했다. 부모가 아이를 버리는 행동을 정당화한다는 비난이 쏟아졌다. 하지만 출생률을 높이지 않으면 국가의 존속마저 위태로워진다는 주장도 만만치 않았고, 버려진 아이들을 돌보는 것은 국가의 의무라며 찬성의 목소리를 높이는 쪽도 늘었다.

이념은 충돌했고, NC를 둘러싼 사람들의 의견은 잡아당긴 고무줄처럼 팽팽하게 대립했다. 물론 사람들을 경악케한 그 사건 뒤로는 NC에 대한 부정적 시선이 걷잡을 수 없이 커졌지만 말이다……

귓가에 익숙한 전자음이 울렸다. 문을 향해 "보안." 하고 말하자 시스템 도어 기능이 작동되면서 문의 가운데가 스르르 유리처럼 투명해졌다.

뭐야, 헬퍼네. 부른 적 없는데.

"오픈."

문이 열리고 헬퍼가 들어왔다. 헬퍼의 손에 들린 샌드위치와 우유를 보니 묻지 않아도 누가 보냈는지 알 것 같았다. 가슴의 반짝이는 버튼을 누르자 텅 빈 방 안 가득 익숙한 목소리가 흘러나왔다.

"건강은 절대 자신하는 거 아니야. 그거라도 꼭 먹어."

최의 목소리를 듣고서 나는 나도 모르게 작게 웃음을 터 뜨렸다. 센터장인 박이 꼬장꼬장한 원칙주의자라면, 최는 원칙을 지키는 범위 내에서 최대한 아이들의 편의를 봐주 는 여유를 지니고 있었다. 감정을 어루만지고 일을 융통성 있게 처리하는 것은 오직 최만이 가진 능력이었다.

헬퍼가 돌아간 후에 나는 샌드위치를 한입 크게 베어 물 었다.

"안 먹겠다는 사람에게 억지로 밥을 먹일 만큼 잘 키워 주는 곳인데."

그때 문이 벌컥 열리고 아키가 상기된 얼굴로 소리쳤다.

"형! 나도 하게 됐어! 페인트."

심지어 우리에게 뚝딱 가족도 만들어 주려고 한다. 밥맛 이 없으면 샌드위치라도 먹이는 것처럼. 나는 반쯤 먹은 샌 드위치를 접시에 내려놓았다. 밥맛이 없는데 샌드위치라고 잘 넘어갈까.

부모 면접을 시작하겠습니다

"너무 기대하지 마."

내 말에 아키가 왜, 하는 표정으로 눈을 깜빡거렸다.

"잘생기고 예쁜 분들이 왔으면 좋겠어. 목소리도 좋고, 나랑 같이 윈드 보드도 탈 수 있는 건강한 분들! 특히 요리를 좋아하는 분들이면 좋겠어. 그럼 먹고 싶은 것 다 해 달라고 할 수 있잖아. 조만간 가디가 홀로그램을 보여 준다는데, 어떤 분들일까?"

나는 침대에 걸터앉았다. 잔뜩 기대에 차 있는 녀석을 보니 나도 모르게 불안한 마음이 들었다. 기대가 크면 실망도 큰 법인데.

"배가 불룩하고 얼굴에 주름이 자글자글한 사람일 수도 있어. 윈드 보드는커녕 걷기조차 싫어하는 사람일 수도 있고. 요리? 요즘 누가 직접 요리를 하나? 다 사 먹지. 그리고 홀로그램 너무 믿지 마. 죄다 보정 작업을 거친 거니까."

"어유, 저 심술."

아키가 입술을 삐죽거렸다. 나는 히죽 웃으며 깍지 낀 두 손으로 머리를 받쳤다. 그 순간 상담실에서 마주쳤던 최의 눈이 떠올랐다. 평소와 다르게 어둡고 탁한 눈빛이 뇌리에서 떠나지 않았다.

대부분의 여성 가디는 퍼스트나 세컨드 센터에서 아이들을 보육했고, 그중에서도 여자아이들을 관리하는 센터G에서 활동했다. 라스트 센터는 아이들에게 직접 부모를 맺어 줘야 하는 어렵고 까다로운 곳이었다. 최는 왜 이곳에 온 것일까 궁금했다. 한편으로는 바로 그런 어려움 때문에 최가 전국에서도 실적이 가장 형편없는 이곳을 선택한 건가 싶기도 했다. 공식이 복잡할수록 흥미로워하는 수학자나 산길이 험할수록 두 다리에 힘이 들어가는 등산가처럼 말이다. 최에게는 도전 정신이 있는 걸까?

아이를 잘 낳지 않고, 낳아도 키우지 않으려는 사회였다. 정부는 사람들이 NC의 아이들을 입양하도록 독려했다. 점차 사람들은 하나둘 NC 센터에 관심을 보이기 시작했다. 어느 정도 말을 알아듣고 가장 예쁜 짓을 할 때인 다섯 살 정도의 어리고 귀여운 아이들을 주로 원했다. 갓난아기는 부담스러워했다. 그러나 정부에서 받는 혜택만을 노리고 무분별하게 부모 면접을 지원하는 사람들이 늘면서 부작용이 나타나기 시작했다. 아이를 방임하고 학대하는 부모가 생겼고, 더 끔찍한 일도 일어났다. 보다 못한 정부는 NC 아이들의 입양 가능 연령을 상향했다. 싫은 것과 잘못된 것을 말할 수 있는 열세 살 이상의 아이들만이 부모 면접을 볼 수 있도록 한 것이다. 물론 우려의 목소리가 있었다.

"아니, 내 배 아파 낳은 아이도 사춘기가 오면 싫어지는데 다 큰 아이를 누가 데려가겠습니까? 그리고 그 나이 먹도록 센터를 떠나지 못했다면 무슨 문제가 있거나 부모를 갖고 싶지 않은 게 아니겠습니까?"

그러나 사람들의 의견은 빗나갔다. 연령 제한을 높이자 오히려 더 많은 사람들이 NC 센터에 관심을 보였다. 이유는 두 가지였다. 힘들여 어린아이를 키워야 하는 시간이 보통보다 십 년 넘게 단축되었다는 것과, 양육 수당과 연금을 앞당겨 받을 수 있다는 혜택. 물론 아이를 입양한 후 오 년 동안 문제없이 키워 내야 하고, 이후 오 년 주기로 문제가 없는지 검사를 받아야 했다. 중간에 문제를 일으키면 부모들은 그에 상응하는 대가를 치렀다. 남북한의 교류가 잦아지면서 사실상 종전이 선포된 이후, 국방비로 들어가던 예산의 일부가 국민 복지와 출생률 안정을 위한 자금으로 더해졌다. 그 첫 번째가 바로 국가의 사활을 건 프로젝트, 즉 NC 센터의 설립이었다.

NC에서 생활할 수 있는 연령은 열아홉 살까지였다. 그 뒤로는 센터에서 나와 자립해야 했다. 하지만 사회에서는 NC 출신들을 차별하고 냉대하는 분위기가 쉽사리 사라지지 않았다. 사람들은 NC 출신과 자신들을 구분 지으면서 특권 의식을 느꼈다. 낳아 준 부모 밑에서 자란 이들에게 NC 출신은 사신과 결코 같을 수 없었다. 마치 사람을 빼닮은 헬퍼에게 그러듯, NC 출신을 향한 사람들의 혐오는 공기처럼 퍼졌다. 그러니까 그 사건이 벌어지고 나서부터…….

"형은."

문득, 아키가 물어 왔다.

"부모를 만나는 게 싫어?"

나는 대답 대신 힐끗 아키를 보았다. 부모라니. 엎어진 체스 판처럼 머릿속이 복잡했다. 물론 부모가 생기면 좋은 일이 더 많을 것이다. 기계의 일련번호처럼 지겹도록 따라붙는 숫자 대신에 바깥세상의 아이들처럼 평범한 이름을 얻을 수 있다. 센터를 벗어나 원하는 곳은 어디든지 갈 수 있다. 시설 안에 있는 학교가 아니라 일반 학교에서 새로운 학교생활도 할 수 있다. 무엇보다 나 혼자만의 방을 가질 수 있다.

"글쎄, 내가 팔려 가는 느낌이야."

그런데도 모든 것이 가식으로 느껴졌다. 부모들이란 나를 통해 얻을 수 있는 각종 혜택과 보장 제도에만 침을 흘리는 사람들처럼 보였다. 홀로그램을 본 순간 느낌이 왔다고? 차라리 고양이가 멍멍 하고 운다는 게 더 그럴듯하지 않을까?

"맞춰 간다고 생각하면 안 돼?"

아키가 관자놀이를 긁적이며 중얼거렸다. 멋쩍은 상황이면 으레 나오는 아키만의 버릇이었다. 언젠가 생길지도 모를 아키의 부모도 알게 되겠지. 녀석의 습관과 버릇, 성격과 식성까지. 아키의 말대로 서로 잘 맞춰 간다면 말이다. 문득 최의 말이 떠올랐다.

'15점짜리 부모 밑에서 어쩔 수 없이 살아가는 아이도 있어.'

내가 만약 NC에서 자라지 않았다면, 바깥세상의 아이였다면, 나에게는 선택권이 없었을 것이다. 15점, 아니, 5점짜리 부모라도 그 밑에서 살 수밖에 없을 테니까. 아키의 말처럼 서로가 서로에게 맞춰 간다는 건 그저 말뿐일지도 몰랐다.

"나는 우리가 부모를 선택하는 게, 꼭 결혼 같아."

결혼? 나는 아키를 의아하게 보았다.

"결혼이라는 게 그런 거 아냐? 남남이던 두 사람이 계약을 맺고 한집에서 사는 거. 서로 맞춰 가느라 처음에는 싸우기도 할 테지만, 시간이 지나면 익숙해지겠지. 아니면 헤어지면 되고. 부모 자식 관계도 그런 거 아닌가."

조곤조곤 제 생각을 이야기할 때면 아키는 꽤나 어른스러운 표정이 되었다. 글쎄, 부모 선택과 결혼이 과연 비슷할까.

"아니야. 부모 선택과 결혼은 다른 것 같아."

왜, 하는 표정으로 아키가 눈을 깜빡였다. 음……. 나는 눈을 감고 입을 다물었다. 갑자기 잡음처럼 밀려드는 생각에 머리가 어지러웠다.

……범인은 열두 명을 살해했다. 십여 년 전, 이제 사람들의 기억 속에서 희미해진 일이었다. 라스트 센터에 입소한 지 얼마 안 된 열세 살 때 나는 우연히 당시의 뉴스 영상을 보았다. 사람들을 충격에 몰아넣었던 인터뷰. 그 영상은 전국에 대대적으로 보도되었다. 모자이크 처리조차 안 된 희

대의 살인자의 얼굴. 그는 자신을 낳고 버린 부모를 원망하면서 오랫동안 범행을 계획했다고 털어놓았다. 잡히지 않았다면 멈추지 않았을 거라는 끔찍한 고백도 했다. 그의 말이 언론을 통해 퍼져 나가면서 순식간에 세상을 뒤흔들었다. 그는 NC 출신이었던 것이다. 흉흉한 이야기는 불길처럼 빠르게 옮겨붙었고, 근거 없는 괴담들이 사실처럼 전달되면서 기름처럼 끓어올랐다.

이를 진화하기 위해 정부는 NC 아이들의 ID 카드에서 출신 기록을 삭제하는 법을 정비했다. 새로운 부모에게 입양되는 즉시 ID 카드에서 NC 출신이라는 기록이 마법처럼 사라졌다. NC의 아이들은 부모를 만나는 것이 앞으로 살아가는 데 득이 된다고 생각하게 되었다.

아이를 입양하려는 사람들과 NC의 아이들을 아무도 모르게 가족으로 묶어 주는 것, 이것이야말로 NC 센터의 핵심 역할이자 목표였다. 물론 아무나 부모가 될 수는 없었다. 예비 양부모(pre foster parents), 간단히 프리 포스터라고 불리는 이들은 깐깐한 서류 심사와 건강 검진, 심리 검사를 치러야 했다. 무엇보다 부모 면접(parent's interview)이라는 중요한 관문이 남아 있었다. NC의 아이들은 부모 면접을 영어 발음이 비슷한 '페인트'라는 은어로 불렀다. NC의 아이들에게 '페인트 하러 간다'는 말은 부모 면접을 하러 간다는 의미였다. 누가 처음 그 말을 만들었는지는 알 수 없었다. 어느 날 갑자기 생겨난 말인지도 몰랐다. NC 출신이라는 사실을 물감으로 지워 버리고 싶었을까? 혹은 자신의 미래를 원하는 색깔로 물들이고 싶었던 걸까. 각기 다른 색이 서로에게 물들어 가는 과정이 바로 부모 면접이었다. 색이 섞여 전보다 밝게 빛날 수도 있고, 탁하게 변할 수도 있었다.

프리 포스터와 NC의 아이가 만나 가족을 이루는 가정이 많아지자 겉으로 보이던 문제들은 하나둘 사라졌다. NC의 아이들은 소리도 냄새도 없이 점차 자연스럽게 사회에 스며들었고, 차별은 눈에 띄게 줄었다.

페인트를 마칠 때까지 아이들의 신분을 보호하기 위해 정부는 NC 센터를 관리, 감독했다. 거의 모든 생활이 센터 안에서 이루어질 수 있도록 학교도 그 안에 설립했다. 일 년에 두 번 단체 여행을 가는 것 외에, 아이들이 센터 밖을 벗어나는 일은 거의 없었다. 열아홉 살이 되어 제 발로 센터에서 나가야 하기 전까지는 말이다.

"우리와 프리 포스터 사이에는 가장 중요한 게 없잖아."

나는 물끄러미 녀석을 바라보았다. 괜한 얘기를 했나 싶었지만, 어차피 뱉은 말이라면 잔인하게 들리더라도 분명히 말해 둬야 했다. 그게 저 순진한 녀석을 위하는 길이니까.

"사랑."

사랑이라는 한마디에 아키의 까만 눈동자가 흔들렸다. 마음 약한 녀석이니 이런 말에도 쉽게 풀이 죽을 것이다. 하지만 알아 두는 게 좋지 않을까. 몸에 좋은 약이 입에 쓰다는 말도 있으니.

"그럼, 우리를 낳은 부모님은 사랑이 있었어?"

이번에 눈동자가 흔들린 사람은 아키가 아니라 나였다.

"윈드 보드를 타다가 준 203한테 물어봤어."

"……."

"왜 유독 6월에 NC 센터에 오는 애들이 많은지. 혹시 준은 알고 있을까 해서."

"그래서?"

아키가 힘없이 고개를 떨어뜨렸다. 이럴 줄 알았으면 내가 말해 줄 것을 싶었다. 아키의 성격상 준을 놀리려고 물어본 것은 아닐 테지. 정말 궁금했기 때문에 사심 없이 질문했을 것이다.

8월에는, 긴 여름휴가가 있었다. 반복되는 빡빡한 일상을 벗어나 산이나 바다, 섬, 해외로 여행을 떠난 사람들은 눈부신 풍경 속에서 자유로움에 취했다. 다음 해 6월에 아이들이 태어났다. 준, 주니가 많은 이유였다.

"그런데 형, 준이 뭐랬는 줄 알아?"

"……."

"그 녀석이 있던 세컨드 센터에는 아키도 많았대."

나는 크리스마스를 떠올렸다. 일부러 환하게 웃는 아키를 보니 왠지 마음 한구석이 아렸다. 그런데 그런 걸 따지는 게 중요할까. 결국 우리는 버려졌는데.

"나, 만약 좋은 부모님을 만나게 되면 정말 잘해 드릴 거야. 어버이날도 챙겨 드리고, 두 분의 결혼기념일이나 생일에도 꼭 선물이랑 꽃을 드리고 싶어."

"……."

"형, 나는 사랑도 만들어 간다고 생각해."

아키는 내가 생각하는 것 이상으로 마음씨가 따뜻했다. 내가 알고 있는 것보다 훨씬 현명하고 생각이 깊었다. 완패다. 나는 아키의 동그란 머리를 쓰다듬으며 웃었다.

"너는 분명 좋은 부모를 만날 수 있을 거야."

녀석에게 진짜 좋은 프리 포스터가 나타나길 바란다. 아키는 밝고 천진한 아이니까. 보고만 있어도 입가에 미소가 절로 그려지는 녀석이니까.

"있잖아, 형."

"왜?"

"언젠가 최가 그랬어. 페인트를 할 때 주눅 들지 말라고. 하지만 긴장되긴 할 것 같아."

최의 말이 맞았다. 부모를 선택할 수 있는 권한은 전적으로 우리에게 있었다. 아무리 상대가 어른이라고 해도 두려워하거나 눈치 볼 필요 없었다. 싫으면 언제나 노,라고 말할 수 있는 게 우리들의 권리이자 의무였다.

페인트에서 탈락한 외부인들은 NC에 대한 누설 금지 조항이 담긴 서약서를 썼다. 자세히는 모르겠지만 지금까지 센터에 큰일이 없는 것을 보면 그에 따른 어떤 보상 체계가 있는 것도 같았다.

"어떤 사람들일까? 궁금해."

"홀로그램이나 보고 나서 얘기해. 홀로그램만으로도 정이 뚝 떨어……."

"형, 진짜 싫다!"

아키가 잔뜩 화가 나서 양 볼을 부풀렸다. 괜한 심술 같지만, 들떠 있는 녀석을 보니 걱정이 되었다. 열네 살 때의 나를 보는 기분이랄까. 기대가 크면 실망도 큰 법이라는 말이 떠오르는 걸 어쩔 수 없었다.

"마찰은 서로 접촉하는 물질들 사이에 작용하는 힘으로, 언제나 운동 방향과 반대 방향으로 생겨난다. 뭐 하냐, 제누! 화면 터치 안 하고."

나는 멍하니 창밖을 보던 시선을 과학 선생님에게로 돌렸다.

"301은 왜 빼세요?"

나의 심드렁한 대답에 선생님이 미간을 찌푸렸다.

"여기서 제누는 너밖에 없어. 굳이 번호까지 불러야 하나?"

"301이 더 제 이름 같아서요."

선생님은 그만하자는 투로 휘휘 손을 저었다. '마찰의 원리'를 터치하자 화면에 빨간색 박스가 나타났다. 수업은 지루하게만 흘러갔고, 나는 교실에 앉아 있는 아이들을 둘러보았다. NC에서 열일곱은 사실상 가장 나이가 많은 축에 속했다. 대부분 열다섯 살이 되기가 무섭게 페인트에 성공해 센터를 떠나니까. 늦어도 열여섯이었고, 열일곱 살까지 센터에 남아 있는 아이는 몇 명 되지 않았다. 나는 고개를 돌려 노아를 바라보았다. 정확히는 노아 208을 말이다.

센터에서 데려온 아이를 파양하는 것은 어려운 일이었다. 정부 지원금을 토해 내야 하는 것도 모자라 벌금까지 낸다고 들었다. 노아는 열다섯 살에 센터를 떠났다가 반년 만

42

에 제 발로 돌아온 녀석이었다.

"종교를 강요하잖아. 밥 먹을 때마다 기도하는 건 참을 수 있어. 황금 같은 주말에 종일 예배당에 있어야 하는 것도, 맨 앞자리에 앉아 몰래 졸지도 못하고 설교를 들어야 하는 것도. 그래, 그런데 마음에도 없는 봉사 활동은 왜 강요하는데? 말이 좋아 이웃이지, 생전 처음 보는 낯선 사람들한테 내 주제에 봉사를 한다고? 그것만은 못 하겠더라. 난 그렇게 잘나지 않았거든. 몇 번 옥신각신하다가, 어느 순간 질렸어. 결국 NC로 돌아간다고 했지. 사실 그것 빼고는 다 괜찮았는데……. 어쨌든 순 거짓말쟁이잖아. 면접 때는 종교 같은 건 신경 쓸 필요 없다고 했으면서."

다시 센터로 돌아온 아이들이 비단 노아만은 아니었다. 막상 부모를 선택했지만 예상 밖으로 권위적이거나, 무심하거나, 뭐가 됐든 마음이 심하게 불편하면 아이들은 주저 없이 돌아왔다. 열일곱 살인 녀석들의 대부분이 한 번쯤 입양된 경험이 있거나 입양 직전까지 갔다 왔다. 작년에 열여섯 살인 어떤 녀석은 세 번째 부모를 따라갔다. 지금까지 아무 소식도 없는 걸 보면 세 번째 부모들과는 그럭저럭 잘 지내는 모양이다. 만약 마음에 들지 않는 부모를 바꿀 수 있다는 걸 알면, 아니, 부모를 선택할 수 있다면, 과연 바깥세상 아이들은 뭐라고 할까?

수업을 마치는 시그널이 울렸다. 오늘은 여기까지라는 선생님의 말에 아이들이 하나둘 기지개를 켰다. 나는 화면에 수업 내용을 저장한 후 자리에서 일어났다. 모니터가 책상 속으로 자동으로 내려갔다. 아직도 구형 모니터로 수업을 들어야 하다니, 이런 것도 이곳 센터의 실적이 나빠서일 것이다. 본부에 미운털이 박혀도 아주 단단히 박힌 모양이었다.

"제누, 너도 이따가 VR룸 올 거지?"

노아가 물었다. 오늘은 VR룸 사용이 가능한 월요일이었다.

"당연하지."

내 말에 녀석이 나른한 표정으로 하품을 했다.

"야, 바깥세상에서 제일 좋았던 게 뭔지 아냐? 바로 VR룸을 마음대로 갈 수 있었다는 거야. 정해진 요일 외에는 못 가는 여기와는 완전 다르지. 나는 부모는 됐고, VR룸 마음대로 다니고 싶어서 다시 입양되고 싶다."

바깥세상에는 넘쳐 나는 VR룸이 NC 안에는 몇 개 되지 않았다. 그 때문에 연령별로 지정된 날이 아니면 출입이 불가능했다. 게임 종류 또한 제한적이었다. 폭력적이거나 선정적인 게임은 들여올 수 없었다. 바깥세상에는 있지만 여기서는 구경조차 못 해 본 게임들이 부지기수였다.

노아가 갑자기 웃음을 터트렸다.

왜? 표정으로 묻는 나에게 녀석이 키득거리며 말을 이었다.

"처음에는 집에서 최대한 부모와 부딪치지 않으려고 노력했어. 그런데 임시 숙소에서 한 달간 함께 생활해 본 거랑은 차원이 다르더라. NC에서처럼 긴 복도가 없는 집이 일단 어색했지. 광고에서만 보던 미니 헬퍼가 정신없이 돌아다니고, 센터에서는 맡을 수 없는 가정집 특유의 냄새가 났어. 창문을 보는데 늘 보던 홀로그램 숲이 없잖아. 산이 저렇게 멀리 있다니, 낯설었어."

경험한 적은 없지만 노아가 하는 말이 무슨 의미인지는 충분히 알 것 같았다.

"그런데 웃긴 게 뭔 줄 아냐?"

"……."

"친부모 밑에서 자란 애들도 그런다는 거야."

무슨 뜻이야? 눈으로 묻는 내게 녀석이 씁쓸한 미소를 지어 보였다.

"일반 학교에 다녀 보니까, 그 아이들도 부모들과 웬만해서는 부딪치지 않으려고 애쓰면서 생활하고 있더라고."

잠시 생각에 잠긴 노아가 다시 툭 한마디 내뱉었다.

"귀찮다나?"

"귀찮아?"

되묻자, 녀석이 끄덕였다.

"그 말을 듣는데 좀 짜증이 났어."

"왜?"

허공을 바라보던 노아의 시선이 천천히 내게로 돌아왔다.

"행복에 겨운 새끼들이지. 낳아서 키워 주고 돌봐 줬는데 부모가 귀찮다? 나쁜 자식들이야, 진짜. 이렇게 말이야. 그런데 한편으로는 이런 생각도 들었어."

"……."

"부모들도 저 녀석들을 귀찮아하지 않을까? 저 녀석들에게 짜증도 내고 화도 내지 않았을까? 나는 절대 원인 없는 결과는 없다고 생각하거든."

머릿속에 늘 게임 생각만 가득한 줄 알았는데, 이 녀석도 깊이 생각할 때가 있었다. 그래, 노아의 말처럼 이 세상에 원인 없는 결과는 없을 것이다. 네가 어떻게 이럴 수 있어, 하고 상대를 원망하기 전에 그 상대를 그렇게 만든 진짜 원인이 무엇일까 생각해 보는 것이 먼저가 아닐까. 하지만 이 인과 관계를 기억하는 사람은 많지 않은 것 같다.

"어이구, 밖에 나가 큰 깨달음을 얻고 오셨네요."

놀리는 내 말투에도 노아는 당연하지, 하는 얼굴로 씨익 한쪽 입꼬리를 말아 올렸다.

"그럼 응용이라는 걸 해 봐, 제발. 욱하기 전에 그 후에 일어날 결과부터 먼저 생각하라고."

"야, 욱하는 것 자체가 결과라고. 원인은 내가 이런 짜증 나는 성격으로 태어났다는 거야."

욱하는 성격을 이런 식으로 해석하다니. 늘 자기 편한 대로 생각하는 녀석다웠다. 그것이 녀석의 장점이자 단점이겠지만 말이다.

수업이 끝나고 아이들이 삼삼오오 VR룸으로 향했다. 나도 따라 느릿느릿 걸음을 옮겼다. VR룸에 도착하자 도어록 센서가 아이들의 얼굴과 홍채를 스캔했다. 게임을 시작하기 전에 두 눈에 특수 렌즈를 삽입했다. 지루한 현실을 벗어나 환상적인 가상 세계로 입성할 수 있다는 기대에 모두 들뜬 얼굴로 웃음을 흘렸다.

"같이 접속할래?"

안으로 들어서며 노아가 물었다.

"아니, 오늘은 혼자 하고 싶어."

그래? 노아는 별다른 반응 없이 자기 방으로 들어갔다.

나는 옆방 문을 열었다. 사방이 온통 녹색으로 칠해진 VR룸이 모습을 드러냈다.

"제누 301, 외부 접속 차단."

방 안에 불이 꺼지며 '제누 301, 접속 완료.' 안내 음성이 들려왔다. 외부 접속을 차단했으니 이곳은 오직 나 혼자만의 공간이 되었다. 다른 녀석이 끼어드는 것이 귀찮고 싫었다. 잠시 뒤 익숙한 배경 음악과 함께 초록의 숲이 눈앞에 펼쳐졌다. 지난번에 저장해 놓았던 게임이 플레이되었다. 다른 게임을 할까 망설이다가 나는 그냥 이어 가기를 했다.

"글라디우스."

그 한마디에 머리 위에서 빛이 쏟아져 내렸고, 내 몸은 중세의 떠돌이 기사가 되었다. 손에 쥔 홀로그램 칼에서 무게가 느껴지는 것 같았다. 앞으로 나아갈수록 숲은 점점 더 광활해졌다. 바닥이 러닝 머신처럼 움직이는 것 같았다. 내가 멈춰 서면 동시에 바닥도 정지했다. VR룸의 센서는 플레이어의 작은 움직임 하나하나까지 놓치지 않았다.

머리 위로 커다란 익룡이 날아갔다. 저 멀리 안개에 갇힌 성도 보였다. 오늘은 과연 저 성을 정복할 수 있을까? 내가 가진 칼과 얇은 갑옷만으로는 어림없다. 무기와 갑옷의 성능을 높이려면 더 많은 적을 죽이고 골드 코인을 모아야 했지만, 나는 다른 녀석들과 달리 목숨 걸고 싸우지 않는다. 대충 적을 몇 명 상대하고 작은 용 한 마리를 해치우는 정도에서 늘 게임을 끝내 버렸다. 아무리 가상 현실이라고 해도 싸우다 보면 체력적으로 한계가 왔다. 이제 곧 풀숲에서 화살이 날아온 뒤 바로 적이 튀어나오겠지. 나는 긴장한 채 검을 쥔 손에 힘을 주었다. 그 순간 나무 뒤에서 날아온 화살이 귓가를 스쳐 지나갔다. 매번 경험하는 것이었지만 가슴이 덜컥 내려앉았다. 이 생생한 맛에 VR 게임을 하는 것일 테지만.

"어떤 놈이냐!"

화살을 쏜 녀석이 드디어 눈앞에 모습을 드러냈다. 가슴의 십자가 문양을 보니 성을 지키는 병사 중 최하급이다.

"신분을 밝혀라."

나는 대답 대신 어깨를 으쓱해 보였다. 나는 떠돌이 기사로서 신분 따위는 없었다. 사람들은 꽤나 근본을 중시했다. 원산지를 따져 가며 농수산물을 사 먹듯 인간도 누구에게서 생산되었는지에 지대한 관심을 보였다. 내가 누구에게서 비롯되었는지 모른다는 것이 그렇게 큰 문제일까? 나는 그냥 나다. 물론 나를 태어나게 한 생물학적 부모는 존재할 테지만, 내가 그들을 모른다고 해서, 그들에게서 키워지지 않았다 해서 불완전한 인간이라고 생각지 않았다. 나는 누구보다 나 자신을 잘 알고 있으니까. 내가 어떤 사람인지 스스로 정확히 알고 있다는 사실이, 나의 부모가 누구인지보다 훨씬 가치 있는 일 아닐까? 왜 사람들은 NC 출신을 달갑지 않은 시선으로 바라볼까? 생물학적 부모가 누구인지 알고, 그들과 함께 살고 있다는 사실이 특권 의식을 느낄 만큼 그리 대단한 일일까? 그렇게 소중해서 매일같이 서로 으르렁거리면서 살아가는 것일까?

"신분 같은 거, 없어."

나는 칼을 움켜쥔 채 적을 향해 달려갔다.

역시, 중세 기사는 힘들다. 몸을 격하게 움직여야 하는 게임이라 그런지 끝나면 녹초가 되었다. 그래도 한판 뛰고 나니 스트레스가 시원하게 풀렸다. 다음에는 몸이 편한 스나이퍼 게임이나 해야겠다.

샤워를 하고 방으로 돌아오자 벽에 띄워 놓은 스크린을 보던 아키가 고개를 돌렸다.

"가디에게서 멀티워치로 연락이 왔었어. 센터 사무실로 오라던데?"

"어떤 가디?"

"센터장."

아키의 둥근 눈이 다시 화면으로 돌아갔다. 늦은 시각에 사무실로 오라는 건 한 가지 이유밖에 없었다. 생활 태도나 수업 태도 불량 문제라면 멀티워치로 간단히 경고만 주었을 것이다. 나는 수건으로 젖은 머리를 털고는 벌컥 문을 열었다.

"형, 취침 모드로 조명 좀 바꿔 줘."

"네가 리모컨으로 해."

"책상 위에 있으니까 그러지. 아무튼, 저 심술."

나는 주머니에 손을 찔러 넣은 채 터덜터덜 복도를 걸었다. 한 무리의 아이들을 스쳐 갈 때 등 뒤에서 나직한 대화 소리가 들렸다.

"지난번에 같이 본 영화의 남자 주인공 이름, 괜찮지 않아? 너는 생각해 놓은 이름 있어?"

"오랫동안 주노 408로 불려서 다른 이름으로 불린다는 게 어색해."

"그 이름으로 계속 불리는 게 뭐가 좋다고."

쓸쓸한 웃음소리가 복도 끝으로 사라졌다. 나는 터덜터덜 일 층으로 내려와 무빙워크에 올라섰다. 센터에서 자란 아이들은 대부분 규율과 통제에 익숙했다. 스스로 할 수 있는 일은 뭐든 혼자서 했다. 알람을 듣고 스스로 일어났고 정해진 시간에 식사를 했으며 성적과 건강도 알아서 관리했다. 줄을 선다거나, 순번을 기다린다거나, 정해진 시간 동안 게임을 하는 것과 같은 규칙들이 VR룸에서 입는 홀로그램 갑옷처럼 몸을 감싸고 있었다. 이런 습관이 나쁘다고 생각하지 않는다. 어쩌면 NC에서 생활하는 우리들이야말로 사회에서 가장 필요한 사람들인지도 모른다. 만약 내가 평범한 가정에서 태어났다면 어땠을까? 그 역시 그 나름의 분위기가 있을 것이다. 흔히 말하는 가풍이라는 것 말이다. NC와는 비교할 수 없을 정도로 자유로운 곳도 있겠지만, 이곳보다 훨씬 더 억압적인 가정도 있을 것이다. 언젠가 최가 말한 15점짜리 부모가 꾸리는 집이라면 그럴지도. 어떤 의미에서 보면 일반 가정 역시 NC의 축소판이 아닐까 싶다. NC의 아이들이 규율과 통제에 익숙하듯, 할 수 있는 일은 스스로 해결하듯, 일반 가정에서 자란 아이들 역시 그 집안 나름의 규율과 법칙을 따라 행동하지 않을까? 주변 환경에 맞게 몸 색깔을 바꾸는 카멜레온처럼 말이다.

무빙워크가 멈췄다. 문이 열리고 나는 사무실을 향해 걸음을 옮겼다.

"들어와."

박은 분명 내가 오는 것을 시스템 도어 너머로 지켜봤을 것이다. 나는 꾸벅 고개를 숙였다. 나를 보는 박의 입가에 한 줄기 희미한 미소가 지나갔다.

"아키 505도 면접이 잡혔다."

물론 그 얘기를 해 주기 위해 이토록 늦은 시간에 나를 부른 건 아닐 것이다.

"정말 좋은 사람이어야 해요. 가디도 알겠지만 그 녀석은⋯⋯."

"너희 모두에게 좋은 부모를 소개해 주는 게 우리의 의무다."

가디다운 발언이었다. 사설은 이쯤에서 끝내자는 뜻일까.

"그래야 실적도 올라가니까요."

실적 때문만이 아니라는 사실은 물론 잘 알고 있다. 듣자 하니 다른 센터에서는 한 사람당 하루에 두세 번씩 페인트를 하는 곳도 있다고 했다. 단 한 명이라도 빨리 성사시켜야 센터의 실적이 올라갈 테니까. 그에 비해 우리 센터는 페인트 기회가 많지 않은 편이다. 그것은 분명 아무나 우리에게 소개하고 싶지 않다는 센터장의 마음 덕분일 것이다.

"차 한잔 마실래?"

나는 고개를 저었다. 버튼으로 가던 손이 주춤했다. 박이

찬찬히 내 얼굴을 살폈다. 그는 나의 뾰족한 반응 따위에 쉽사리 동요하지 않았다. 조용히 내 마음이 풀릴 때까지 기다려 주는 여유를 보였다. 그가 말한 '차 한잔'은 낯선 마음을 다독이라는 뜻이겠지. 그래, 실적 운운한 건 지나친 태도였다.

"죄송해요."

"틀린 말은 아니지."

내가 멋쩍게 웃자, 박이 손끝으로 톡톡 테이블을 두드렸다.

"이왕 말이 나왔으니 좀 더 솔직해질 필요가 있겠구나. 네 말대로 우린 실적이 중요하다. 이곳 NC 센터가 전국에서 실적이 가장 낮기로 유명해. 본부에서 지침이 내려왔다. 프리 포스터들을 위해 심사의 문턱을 낮추라고 하는구나. 그렇다고 아무나 들일 수는 없겠지만…….."

박의 낯빛이 창백하게 굳어졌다. 그가 버튼을 누르자 테이블 한가운데 원형의 흐릿한 빛기둥이 생기더니 서서히 홀로그램이 또렷해졌다. 나는 홀로그램으로 떠오른 작은 두 사람을 바라보았다. 삼십 대 초반의 젊은 부부였다.

"글쎄요, 음! 솔직히 말해서 아이를 좋아한다는 생각은 해 본 적 없어요. 개인적인 사정도 좀 있고. 하지만 말이 통할 정도로 다 자란 아이라면 다르지 않을까요? 문제가 있으면 대화로도 충분히 해결할 수 있을 테니까. 아닌가? 의견 충돌이 더 심하게 일어나려나? 어때, 당신은?"

여자의 말이 끝나자 이번에는 남자가 겸연쩍은 듯 머리를 긁적였다.

"대화라는 말 좋은데? 명령 말고, 대화. 우리 아버지도 그런 생각을 가진 사람이었다면……"

"지금 당신 얘기 하라는 게 아니잖아."

여자가 남자를 흘기고는 다시 정면을 보았다. 둘 모두 이 상황이 낯설어 어쩔 줄 몰라 하는 것 같았다.

"저희 같은 사람도 괜찮다면……"

그녀가 한쪽 팔로 하늘을 가리켰다.

"그, 부모 면접이라는 거…… 한번 해 볼 수 있을까요?"

"그런데 자기야, 우리 정말 이 방법밖에……"

"됐어, 그만해."

팟, 소리와 함께 눈앞의 홀로그램이 사라졌다. 나는 반쯤 넋이 나간 얼굴로 방금 전까지 홀로그램이 떠올라 있던 테이블을 바라보았다. 오래전에 하늘에서 내리는 눈을 처음 마주한 아프리카 사람들이 이런 기분일까? 방금 내가 뭘 본 건가 싶은 기분이었다. 나는 민망한 듯 손가락으로 톡톡 테이블을 두드리는 박을 마주 보았다.

"미안하구나."

"……."

"그게……."

"저 사람들과 페인트, 그러니까, 부모 면접을 하라고요?"

박이 주먹을 움켜쥐었다. 그는 내게 진심으로 미안해하고 있었다. 박이 저 정도로 감정을 드러내는 건 미안함을 넘어서 끓어오르는 화를 억누르고 있다는 뜻이다.

"다른 아이들이라면 상처받았을지도 몰라. 그래, 안다. 제누 너도 물론……."

"할게요. 진행시켜 주세요."

나를 바라보는 박의 암갈색 눈동자가 불안하게 흔들렸다.

"너에게 정말 할 말이……."

"아니요. 가디를 위해서 하겠다는 거 아닌데요."

"……."

"저 사람들이 진심으로 마음에 들어요."

나는 두 사람을 직접 만나 보고 싶어졌다. 나도 모르게 양 입꼬리가 올라간 걸 보면 마음이 거짓말을 하는 것 같지는 않았다. 박은 뭐라 말하기 어려운 표정을 짓고 있었다. 하긴, 놀라는 것도 무리는 아닐 것이다. 내가 이렇게 적극적으로 마음을 표현한 적은 한 번도 없었으니까.

"지금껏 봤던 프리 포스터 중에서 제일 마음에 들어요."

박은 이해할 수 없다는 듯 고개를 저었다.

"너는 정말 생각이 많은 아이다."

생각이 많다는 건 칭찬일 수도, 아닐 수도 있다. 다만 쓸데없는 생각이라고 하지 않아서 다행이었다. 물론 가끔은 쓸데없는 생각들이 세상을 바꾸는 경우도 있겠지만 말이다.

"나는 네가 차별 없는 세상 속에서 살아가기를 바란다."

"사회는 원산지 표시가 분명한 것을 좋아하잖아요."

이깟 농담에 표정이 어두워지다니, 박의 유머 감각은 아무튼 알아줘야 한다. 그는 내가 열일곱 살이라는 사실을 잊은 모양이었다. 이 정도 농담에 씁쓸해할 나이가 아닌데.

"너는 네 삶을 조금 더 신중하게 생각할 필요가 있어."

박이 무슨 뜻으로 이런 말을 하는지 알고 있었다. 그러나 내가 가디들의 일면밖에 알지 못하듯, 그 역시 그렇다.

"저만큼 제 삶에 신중한 사람은 없어요."

"……."

"그래서 열일곱이 되도록 NC를 떠나지 못하는 거예요."

내 시선이 그의 손등에 불거진 푸른 혈관에 닿았다. 저 속에 따뜻한 피가 흐르겠지. 차가운 인상만 보면 상상하기 어렵지만. 그런데 박은 어떤 부모 밑에서 자랐을까? 어떤 환경에서 생활했을까? 얼마나 철저한 부모 밑에서 자랐으면 저렇듯 바늘 하나 안 들어갈 정도로 깐깐한 원칙주의자가 되었을까?

"15점짜리 부모와 사는 것과 NC의 낙인 속에서 사는 것, 과연 어느 쪽이 나을까요?"

나는 쿡쿡 소리 내어 웃었다. 며칠 전에 최가 한 말이 떠올랐기 때문이다.

"나쁘지 않은데요?"

자조 섞인 내 말에 박이 얼굴 가득 물음표를 그려 보였다.

"적어도 제게는 부모를 고를 선택권이 있잖아요."

"……."

"세상에는 그 선택권이 없는 애들도 있죠."

내가 몸을 일으키자 드르륵 의자가 뒤로 밀렸다.

"빠른 시일 내에 진행시켜 주세요."

나는 꾸벅 고개 숙여 인사하고는 문을 향해 돌아섰다.

"그 애들 중 한 명이 나였지."

나는 몸을 돌려 다시 박을 마주 보았다. 그의 창백한 얼굴과 날카로운 턱선, 오똑한 콧날과 굳게 닫힌 입술이 오늘따라 서늘하게 느껴졌다. 깊은 암갈색 눈동자는 어쩐지 쓸쓸하고 외로운 빛을 띠고 있었다. 박은 짙은 바다 안개 너머에 존재하는 섬 같은 사람이었다. 베일에 싸여 있어서 그 이상은 절대 보여 주지 않는 사람.

"그 말이 무슨 뜻……."

"면접이 결정되면 바로 연락 주마."

박이 말을 잘랐다. 실언을 했다는 듯 그의 눈에서 당혹감이 느껴졌다. 박은 또다시 안개 속으로 숨어 버렸다. 박이 나를 잘 알듯, 나도 그를 조금은 알고 있다. 묻는다고 답해 줄 사람이 아니었다. 이쯤에서 화제를 바꾸는 게 좋을 것 같았다.

"일 좀 쉬엄쉬엄 하세요. 많이 피곤해 보이세요."

"걱정 마라. 내 몸은 누구보다 내가 잘 알아."

"아니요, 가디는 몰라요. 아는 척할 뿐이죠."

"……."

"저번처럼 쓰러져서 실려 가지 마시고요."

그는 워커홀릭이었다. 센터를 찾는 프리 포스터들의 신분과 직업은 물론 가족 관계, 취미 생활, 건강 기록 등 본부에서 넘어온 서류를 일일이 검토한 뒤 모두 사실인지 재차 확인했다. 일단 서류가 통과되면 그들과 가장 잘 어울릴 것으로 판단되는 아이들을 찾아낸 후 가디들을 소집해 회의를 진행했다. 프리 포스터들이 보내온 홀로그램을 분석하고 아이에게 보일지 말지 최종 결정하는 것 역시 그의 몫이었다. 그것으로 끝이 아니었다. 아이들의 불편 사항과 건강 관리에도 세세하게 신경을 썼다. 그 때문에 정작 자신의 건강은 늘 뒷전이었다. 냉철해 보이지만 싱겁게 키만 큰, 홀쭉하고 마른 모습. 내년 정도면 팔씨름도 이길 자신이 있었다. 아니, 어쩌면 지금도 가능하지 않을까? 그가 허약 체질로 판명받은 아이들의 식습관을 조사하다가 쓰러졌다는 사실은 우리 모두를 놀라게 한 동시에 웃게 만들었다.

"건강은 절대 자신하는 거 아니래요."

"누가 그래?"

"최."

"맞는 말이지만, 최는 너희들을 가장 걱정하지."

나는 아니라는 뜻으로 천천히 고개를 저었다.

"최가 걱정하는 건……."

박이 진한 암갈색 눈동자로 물끄러미 나를 바라보았다.

"센터의 모든 사람들일 거예요. 저희들과 가디, 그리고 센터장님까지."

나는 박을 향해 빙긋 웃어 보였다.

대체 누구를 소개받은 건데?

　페인트, 즉 부모 면접을 보기 위해 센터에 방문한 사람들은 하나같이 얼굴에 웃음꽃이 만발했다. 우리는 너희를 정말 사랑한단다, 좋은 부모가 될 준비가 되어 있고 최고의 가정을 선물하려고 한다, 온몸으로 호소했다. 때로는 감정에 취해 우는 사람도 있었다. 뒤늦게나마 아이와 함께하는 삶을 꿈꾼다며 금방이라도 홀로그램 화면에서 뛰쳐나와 나를 와락 끌어안을 것만 같았다.

　홀로그램 속에서는 남자건 여자건 모두 가진 옷 중에서 가장 좋아 보이는 옷을 입었다. 피부는 화사하게 빛났고 주름살 따위는 없었다. 물론, 보정의 힘이었다. 홀로그램 속에서 사람들은 다정하고 부드럽고 친절하고 사랑이 넘쳤다. 나는 그들이 홀로그램을 찍기 위해 얼마만큼 공을 들이는지 짐작할 수 있었다. 이야기가 막히거나 실수를 하면 몇 번이고 다시 찍었을 것이다. 페인트를 여러 번 하다 보면 홀로그램만 봐도 대략 어떤 사람인지 알 수 있었다. 그게 불행인지 다행인지는 잘 모르겠지만 말이다.

"그래도 직접 한번 보지 그래." 가디의 말에, "지금도 실망스러운데 더 완벽하게 실망하라고요?" 나는 곧잘 고개를 저었다.

감정을 과하게 표현할수록 그들의 속마음은 홀로그램을 뚫고 선명하게 드러났다.

'손 많이 안 가는 성격, 얌전하고 착한 아이 하나 데려다가 어서 정부 지원금 받고, 결혼도 빨리 시켜서 연금도 안정적으로 타 먹고 싶어.'

이 간단한 말을 사람들은 꽤나 길고 지루하게 늘어놓았다. 그런 말들은 주저리주저리 하는 사람도 힘들겠지만 듣는 사람 역시 따분하기는 마찬가지였다.

"음! 솔직히 말해서 아이를 좋아한다는 생각은 해 본 적 없어요. 개인적인 사정도 좀 있고. 하지만 말이 통할 정도로 다 자란 아이라면 다르지 않을까요?"

홀로그램 속 여자는 평범한 스타일이었다. 질끈 묶은 머리에 화장기라고는 없는 얼굴, 편한 트레이닝복 차림이었다. 엉거주춤 서 있던 남자 역시 비슷했다. 막 작업하다가 나온 듯, 검은색 앞치마에 얼룩덜룩 물감이 묻어 있는 것으로 보아 그림을 그리는 사람 같았다. 특유의 자유로움이 엿보인달까. 어찌되었든 홀로그램으로 만난 프리 포스터 중에서 이들처럼 별 생각 없는 옷차림은 처음이었다. 그렇게 솔직하게 떠드는 것 역시 처음이었고.

부모 면접을 보고 싶다면서 아이를 좋아한다고는 생각해본 적 없다니. 개인적인 사정은 또 뭘까? 돈 문제겠지. 두 사람은 보정하지 않은 홀로그램처럼 말과 행동 또한 거침이 없었다. 센터를 찾는 대부분의 프리 포스터들이 정부의 혜택을 원하는 것과 결국은 같은 목적일 테지만, 굳이 차이를 따지자면 진실을 애써 감추느냐 솔직히 털어놓느냐였다.

실적 압박에서 자유로웠다면 박은 절대 이 프리 포스터들에게 면접 기회를 주지 않았을 것이다. 박이 얼마만큼 고민했을지 충분히 짐작이 갔다. 이렇게 아무 꾸밈없는 프리 포스터들을 보고 페인트를 하고 싶다고 할 녀석들도 없을 테고, 만약 있다고 해도 상처만 받고 끝날 테니까. 아키라면 크게 실망할지도 몰랐다. 그런데 나는 두 사람에게 끌렸다.

이렇게 재미난 사람들이 현실에 나타날 줄은 전혀 생각지도 못했다.

"아키, 그만 스크린 꺼."

녀석이 흠칫 놀라 부르르 몸을 떨었다. 아키가 고개를 돌리고는 소리 없이 묻고 있었다. '어떻게 알았지?' 나는 피식 웃는 것으로 대답을 대신했다. 아키가 스크린을 껐다.

"실망했어?"

내 질문에 아키가 천장을 보았다.

"홀로그램으로 봤을 때는 정말 친절한 사람들 같았어."

사무실에서 나온 후, 아키는 줄곧 한 가지 생각에 잠겨 있었다. 부모가 되겠다는 사람을 만나고 오면 꽤나 묘한 기분이 든다. 기대에 못 미쳐 실망할 때도 있다. 솔직하게 말하자면 그럴 때가 훨씬 더 많다는 게 문제이지만. 어쨌든 페인트를 끝내고 생활관으로 돌아올 때면 가슴에 돌멩이가 든 것처럼 답답했다.

"말했어? 페인트 하겠다고."

녀석이 고개를 끄덕거렸다.

"괜찮아. 싫으면 지금이라도 취소해."

마음이 바뀌면 일주일 안에 취소 신청이 가능했다. 다른 센터는 삼 일이라 들었는데 우리는 일주일이나 시간을 줬다. 이 또한 박이 얻어 낸 것 아닐까.

잠시 생각에 잠겼던 아키가 또랑또랑한 눈으로 말을 이었다.

"형, 그분들 부자래."

벽에 기대어 있던 나는 허리를 똑바로 세웠다.

"박이 그래?"

프리 포스터들의 신상을 낱낱이 조사하는 박의 말이라면 믿을 만할 것이었다. 부자들이 NC를 찾는 경우가 드물다는 건 잘 알려진 사실이었다. 그들은 정부의 혜택 따위가 필요 없는 사람들이었다. 그러므로 그들이 NC를 찾았다면 진심으로 아이를 원한다는 뜻인지도 몰랐다.

녀석이 힘없이 고개를 끄덕거렸다.

"그런데 뭘 망설이는 거야? 일정을 최대한 빨리 잡아 달라고 해. 너 설마 잘생긴 아빠, 예쁜 엄마 타령을 하는 건 아니지?"

"그건 아닌데⋯⋯."

아키가 말끝을 흐리며 나를 곁눈질했다.

"나이가 좀 많은 분들이야."

"얼마나?"

"거의 할아버지 할머니야. 아들이 한 명 있는데 외국에서 살고 있대."

아키의 입에서 열네 살의 것이라고는 믿을 수 없을 만큼 무거운 한숨이 흘러나왔다.

"나, 취소할까?"

"왜? 나이 많은 분들이어서? 혹시 알아. 젊은 프리 포스터 들보다 더……."

아키가 절레절레 고개를 저었다.

"알아. 그분들, 이제 겨우 육십 대이신걸? 두 분 다 건강해 보였어. 할아버지의 취미는 낚시와 요리래. 할머니는 여행."

"야, 그럼 네가 원하던 부모님이잖아. 그리고 누가 요즘 육십 대를 할아버지 할머니라고 부르냐? 더군다나 양육 경 험까지 있다면……."

아키에게 딱 어울리는 사람들 같았다. 역시 가디들은 아 키에 대해 잘 알고 있었다. 아니, 이곳의 모든 아이들을 잘 알고 있었다. 누가 어떤 부모를 원하는지, 어떤 사람이 아이 와 어울릴지 꿰고 있었다. 이런 센터의 장이라면 더욱 힘들 겠지. 문득 그런 생각이 들었다.

"나 대신…… 형이 그분들을 만나 볼래?"

아키의 말에 가슴이 쿵 내려앉았다. 지금껏 심각한 얼굴 이었던 이유가…….

"그분들이라면 형이 팔려 간다는 느낌은 받지 않을 거야. 형이 원하는…….”

“아키.”

“형, 삼 년밖에 안 남았잖아. 아니, 정확히는 이 년 하고 몇 개월.”

“그래서?”

아키의 눈이 폭우 속의 나뭇가지처럼 흔들렸다.

“형에게 양보해도 되냐고 가디에게 물었어.”

달구어진 쇳덩이를 삼킨 듯 목구멍이 뜨거웠다. 이 녀석은 내가 알고 있는 것 이상으로 마음이 깊었다. 그리고 바보처럼 착했다.

“박이 뭐래?”

만약 그래도 된다고 했다면 나는 오늘부로 모든 페인트를 거부할 것이었다. 이런 말도 안 되는 방법으로 부모를 갖게 되느니, 차라리 당장 센터에서 나가 평생 NC 꼬리표를 달고 사는 게 나을 것 같았다.

“사실 처음에는 형을 생각했대. 하지만 나로 마음을 바꿨대. 이분들에게 가장 사랑받을 수 있는 아이는 역시 나일 것 같다고.”

아키가 웅얼거렸다.

아키의 말을 듣자 나는 박의 얼굴이 떠올랐다. 다시 마음 한구석이 차분해졌다. 아키는 여리고 착한 녀석이다. 누구보다 사랑에 목마른 아이다. 아키에게는 아무 조건 없이 사랑해 줄 그런 부모가 필요하다. 두 사람이라면 아키를 꼭 예뻐해 줄 것이다.

"그리고 이렇게 덧붙였어. 만약 형에게 먼저 소개해 줬어도……."

"……."

"형은 나를 추천했을 거라고."

누군가가 나를 꿰뚫고 있다는 기분은 썩 좋은 것만은 아니다. 그러나 때에 따라서는 감사한 경우도 있다. 나를 잘 알고 있음에도 전혀 내색하지 않고 배려하는 모습이 그렇다. 사람들은 다른 사람에 대해 쉽게 말하고 또 쉽게 생각한다. 내가 알고 있는 상대가 전부라고 믿는 오류를 범한다. 그런 사람 중에서 진짜 상대를 아는 사람이 몇이나 될까? 자기 마음조차 모르는 인간들인데.

"그런 말까지 들었으면서 고민이 되디?"

나는 아키의 머리를 장난스럽게 헝클어뜨렸다. 어쩐지 이 녀석과 한 방에서 생활할 날도 얼마 남지 않은 것 같다. 어른들이 말하는 시원섭섭하다는 게 바로 이런 느낌일까.

"축하해, 좋은 프리 포스터 만난 거."

"에이, 아직 1차 면접도 진행 안 했는걸. 누가 알아? 나를 마음에 안 들어 할지. 내 홀로그램을 보고 실망할 수도 있잖아. 직접 보면 더 실망할 수도 있고."

"너는 쓸데없는 걱정만 하는구나."

아키는 모른다, 자신이 얼마나 귀엽고 사랑스러운지. 보고만 있어도 기분이 좋아지는 청량감 넘치는 음료수 같다는 사실을 말이다.

"갖고 싶은 이름이나 생각해 놔."

"나중에 부모님과 같이 의논해 볼래. 그분들도 부르고 싶은 이름이 있을 수 있잖아."

녀석이 배시시 웃었다. 이렇게 순한 녀석을 누가 싫어할까. 아키는 부모에게 사랑을 듬뿍 받으며 더 큰 세상에서 행복하게 지낼 것이다.

"그런데, 형."

"왜?"

"형을 얘기하는 박의 표정이 어둡던데. 또 무조건 페인트가 싫다고 한 거야? 다들 형한테 좋은 부모를 찾아 주려고 조급해한단 말이야."

나는 깍지 낀 두 손을 머리 위로 뻗어 길게 기지개를 켰다. 그러고 보니, 좋은 소식은 아키에게만 있는 게 아니었다.

"박이 얘기 안 해?"

뭘? 되묻는 표정으로 아키가 눈을 깜빡거렸다.

"나도 한다, 페인트."

"뭐라고? 언제?"

"최대한 빨리 잡아 달라고 했어."

아키가 놀란 듯 큰 소리로 물었다.

"진짜? 형, 웬만해서는 안 하잖아!"

나는 아키를 향해 히죽 웃어 보였다.

"나도 오랜만에 마음에 드는 사람들을 만났거든."

어쩌면 처음이라 할 수 있을지도 몰랐다, 내가 이토록 페인트를 해 보고 싶은 상대는…….

"수상한데?"

녀석이 눈을 가늘게 뜨고 나를 훑어 내렸다.

"그런데 왜 박의 표정이 그렇게 어두워 보였지?"

NC의 아이들은 눈치가 빨랐다. 표정이나 눈빛 하나만으로 쉽게 상대방의 기분을 알아차렸다. 아키 같은 순한 녀석도 그런 걸 보면 환경이 사람을 만드는 걸까. 아니, 노아 같은 녀석을 보면 아닐지도 모른다.

"언제 박이 활짝 웃는 거 봤냐?"

아키가 고개를 저었다.

"박은 매일매일이 심각한 사람이야."

"맞아. 코피도 잘 흘리고."

또? 놀란 나의 표정에 녀석이 왜 아니겠냐는 투로 어깨를 한 번 들썩였다. 하긴, 밤낮없이 일에 매달리니 부실한 몸이 버티기 어렵겠지.

"그런데 형, 박은 몇 살일까?"

아키가 물었다. 나는 잠시 생각했다. 정확한 나이는 알 수 없지만 외모를 봐서는 삼십 대 중반쯤이 아닐까 싶었다.

"서른넷이나 다섯 정도 아닐까?"

"결혼은?"

"했겠냐? 센터가 집인 사람인데."

보건실 당직 의사 선생님과 박을 제외하면 다른 근무자들은 모두 출퇴근을 했다. 가디들에게 센터는 집과 같은 곳이지만 주말이면 최소 인원을 제외한 가디들이 모두 집에 갔다. 그 최소 인원 중에 지금껏 박이 빠진 적은 한 번도 없었다. 주말에도 센터에 남아서 아이들과 생활하는 거의 유일한 센터장일지도 몰랐다.

"박의 부모님은 걱정이 많을 것 같아. 늘 일에만 매달리는 아들이."

그럴지도, 혹은 아닐지도 몰랐다. 우리는 박의 나이는커녕 가족 구성원이 어떻게 되는지도 모르니까.

"내가 생각해 봤는데, 형."

아키가 슬쩍 내 눈치를 살피며 말했다.

"박이 형의 아빠라면 잘 어울릴 것 같아."

박은 어디까지나 가디언으로서 매력적인 사람이었다. 만약 박에게 아이가 있다면 오히려 너무 바빠서 무심한 아버지가 되지 않을까.

"악담을 해라."

콩, 머리를 쥐어박자 아키가 눈을 흘겼다.

수업이 끝나기가 무섭게 아이들이 일제히 버튼을 눌러 모니터를 내렸다. 창밖의 나무들이 바람결을 따라 몸을 뒤척이며 햇빛을 털어 냈다. 운동장에 심어 놓은 나무는 홀로그램이 아니라 진짜였다. 창 너머로 보이는 숲이 가짜일 뿐, 가지에 앉아 깃털을 다듬는 새들도 살아 있는 생명체였다. 멍하니 창밖을 보는데 누군가 내 어깨를 툭 쳤다. 고개를 돌리자 노아가 웃는 얼굴로 책상 모서리에 걸터앉아 있었다.

"VR룸에 마음대로 갈 수 있는 것보다 좋은 것도 있냐고? 당연히 여자애들 보는 거지. 일반 학교는 대부분 남녀 공학

이더라. 센터B는 칙칙해. 죄다 사내새끼들밖에 없잖아."

센터에 되돌아온 뒤로 노아는 한동안 주저리주저리 바깥 세상 얘기만 늘어놓았다. 그럼 대충 맞춰 가며 살지 다시 돌아올 건 또 뭐람.

나는 왜, 하는 표정으로 노아를 바라보았다.

"너, 센터장이랑 무슨 일 있었냐?"

녀석이 내 스케줄까지 일일이 알 턱이 없었다. 가디들은 누가 언제 면접 스케줄이 잡혀 있는지 비밀에 부치니까. 하지만 소용없는 일이었다. 우리끼리는 언제 어떤 사람들과 페인트를 하는지, 결과는 어땠는지 스스럼없이 털어놓곤 했다. 그렇다 해도 내가 페인트가 있다는 건 아직 아키밖에 모르는 일이다. 그 녀석 성격상 쫑알쫑알 떠들고 다니진 않았을 테고, 과연 이 녀석이 어떻게 알았을까? 아니, 다시 생각해 보니 노아가 물은 건 박과 나 사이에 무슨 일이 있었냐는 뜻이었다.

"무슨 소리야?"

나는 노아의 얼굴을 물끄러미 쳐다보았다. 이럴 땐 먼저 입을 열지 않는 게 상책이었다. 노아가 심드렁한 얼굴로 뒷머리를 긁적였다.

"어제 박이랑 최가 싸우는데 네 이름이 나와서."

"싸워?"

"싸웠다기보다 뭐, 최의 일방적인 다다다다."

노아가 손을 새 부리 모양으로 만들어 빠끔거렸다. 최가 일방적으로 쏘아붙였단 뜻? 그런데 잠깐, 두 사람이 싸운 걸 이 녀석은 어떻게 알았을까? 우리의 행동반경이라고 해 봤자 학교와 생활관, 강당이 전부다. 가디들은 주로 센터 건물에서 근무했다. 물론 상담 신청이나 아이들의 질서를 잡기 위해 종종 생활관을 방문했지만 그들의 주요 활동 범위는 역시 센터 건물이었다. 더욱이 아이들이 있는 생활관에서 두 사람이 부딪쳤다는 건 말이 되지 않았다. 다른 사람도 아닌 센터장이? 노아 앞에서 언성을 높였다고?

"두 사람이 싸운 걸 네가 어떻게 알아?"

녀석이 관자놀이를 긁적이며 묘하게 웃었다.

"VR룸에서 게임하다가 같이 접속한 새끼랑 붙었는데, 재수 없게 황에게 걸려 가지고 반성문 썼거든. 그것도 자필로. 참, 너 리모스룸 바뀐 거 알아? 원래 체육관 옆이었잖아. 거기를 다 터 버리고 체육관을 확장해서, 센터 건물 안으로 옮겨졌어."

리모스룸(remorse room)은 참회와 반성의 방이다. 생활관 규칙을 어기거나 문제를 일으키거나 폭력을 휘두르면 멀티워치를 압수당하고 리모스룸에서 반성문을 썼다. 체육관을 확장하기 위해서 리모스룸을 센터 안으로 옮긴다는 공지를 어렴풋이 읽은 기억이 났다.

계속해 보라는 눈짓에 노아가 말을 이었다.

"황이 펜이랑 종이 한 장을 주더니 휙하니 나가 버리더라고. 쓸 말도 없는데 손으로는 더 못 쓰겠는 거야. 그런데 갑자기 밖이 시끄러운 거 있지? 알고 보니 리모스룸은 센터장의 집무실을 개조해 만든 거더라고. 센터장이 쉴 수 있도록 간이침대가 놓여 있던 집무실 한구석 있잖아. 거기에 벽을 세우고 문을 뚫은 거야."

"집무실?"

녀석이 고개를 끄덕였다. 아, 결국 그렇게 된 거였구나. 아이들의 체육 시설을 늘리는 대신 자신의 휴식 공간을 없앤다. 박다운 선택이 아닐 수 없었다.

"그래서 어떻게 했어?"

내가 어떻게 했겠냐? 노아는 한쪽 입꼬리를 올리며 씨익 웃었다. 센터의 보안 시스템은 가디들의 음성 인식으로 작동되었다. 가디의 목소리가 열쇠이자 버튼이었다. 간혹 발생하는 미작동 문제를 방지하기 위해 리모컨도 있었다. 반성문을 쓰던 노아의 눈에 들어온 것이 바로 그 리모컨이었다. 어쩐 일인지 리모컨은 테이블 모퉁이에 떡하니 놓여 있었다. 노아는 냉큼 리모컨을 집어 들었다. 보안 버튼을 누르자 리모스룸의 출입문이 스르르 유리처럼 변했다. 시스템 도어 기능이었다. 그 너머로 집무실이 고스란히 보였다. 박과 최, 두 사람은 노아가 문 너머에 있다는 사실을 알지 못했다. 노아는 꿀꺽 침을 삼켰다. 일 분에 한 번, 리모컨으로 보안 버튼을 누를 준비를 하면서.

"그렇게 원칙을 중시하는 분이, 아무 회의도 없이 제누 301에게 홀로그램을 멋대로 보여 주는 법이 어디 있어요? 어떻게 기본도 안 돼 있는 프리 포스터들에게 면접 기회를 줄 수 있죠?"

"목소리 낮춰요."

"언제까지 제누만 희생양으로 만드실 건가요? 그 아이가 받을 상처는 생각 안 해 봤나요? 제누에게는 시간이 없어요. 그런 말도 안 되는 면접은 마음의 문을 더 걸어 잠그게 할 뿐이에요. 실적이 그렇게나 중요한가요? 아이들을 자격도 없는 프리 포스터들에게 내던질 만큼 실적에 목말라요?"

흥분할수록 목소리를 높이는 최와 달리 박은 언제나처럼 차분하기만 했다.

"그 아이가 원한 일입니다."

"누구보다 제누를 걱정하신다고 생각했어요. 아닌가 봐요?"

그녀를 바라보는 박의 두 눈에 서늘한 빛이 지나갔다.

"제누는 영리한 아입니다."

"드러내지 않는다고 해서 아픔이 없는 건 아니죠. 제가 무슨 말을 하는지……."

"……."

"누구보다 센터장님이 잘 아시잖아요."

휙 몸을 돌려 사무실을 빠져나가는 최를 보며 박이 털썩 의자에 앉았다.

"야, 내 말 듣고 있어? 대체 박이 너한테 누굴 소개해 준건데?"

쩌렁쩌렁한 노아의 목소리에 나는 퍼뜩 정신을 차렸다. 아무리 생각해도 내 선택이 박을 난처하게 만든 것 같았다. 다른 누구도 아닌 최가 센터장을 오해한다는 건 나로서도 썩 유쾌한 일은 아니었다.

"별일 아니야."

녀석이 이상하다는 듯 고개를 갸웃거렸다.

"그런데 최 말이야, 박을 되게 싫어하는 것 같아. 우리한테는 한없이 너그러운데 유독 박에게만 쌀쌀맞잖아. 왜 지난번에 식당에서, 너도 봤지?"

나를 포함해 몇몇 아이들이 가디들의 옆 테이블에서 밥을 먹던 날이었다. 박이 숟가락을 내려놓자 마주 앉은 최가 음식이 반쯤 남은 그의 식판을 곁눈질했다. 박의 시선은 깨작깨작 밥알을 세고 있는 허약 체질의 아이들에게 가 있었다.

"보디 체크에서 신장과 체중이 평균 미달인 아이들의 건강식 메뉴를 다시 한번 살펴봐야 할 것 같습니다. 아이들 입맛에 영 맞지 않는 것 같아요. 학업 성취도와 부모 면접 준비도 중요하지만 무엇보다 건강을 우선시해야 합니다. 센터에서 생활한 아이들은 외부로 나가 오염된 환경에 놓이면 쉽게 면역력이 떨어질 수 있어요. 환절기입니다. 아이들 건강 관리에 특히 유념해 주세요."

순순히 대답하는 다른 가디들과 달리, 최는 피식 웃음을 터트렸다. 왜 웃죠? 묻는 센터장을 향해 최가 박의 식판을 가리켰다.

"그런 말 할 자격이 전혀 없으신 거 아니에요?"

드르륵 소리와 함께 의자가 뒤로 밀리고 최가 자리에서 일어나 식당을 나갔다. 당황한 박의 시선이 최의 뒷모습에 오래 머물렀다.

"야, 그날도 최가 한 대 먹인 거지. 맞잖아? 아마 모르긴 해도 센터장이 단단히 벼르고 있을걸. 아무리 샌님 같은 박이라도 사사건건 트집 잡히면 한 번쯤 제대로 뚜껑이 열리지 않겠냐."

그런 것을 트집이라 하면 트집일 수 있겠지만, 다른 의미로는 관심 아닐까? 최가 우리에게 너그러운 건, 우리는 보호받아야 하는 미성년자이고 그녀의 역할이 바로 그 보호자이기 때문이었다. 그러나 최에게 박은 함께 일하는 동료이자 상사였다. 아무리 그가 센터장이라 한들, 최는 성격상할 말도 못 한 채 가만히 눈치만 보고 있을 사람이 아니다.

"그런데 너는 왜 만날 VR룸에만 갔다 하면 애들하고 싸움이냐?"

나도 녀석과 게임을 하다가 시비가 붙은 적이 있었다. 게임에서조차 물불 안 가리는 녀석이었다.

"그 자식, 눈치가 없어도 너무 없잖아. 내가 선두로 나가면 뒤는 지가 책임져야지. 내가 자기 레벨업이나 시켜 주려고 같이 하는 줄 아나."

키득키득 웃는 나를 보며 노아가 의아한 표정을 지었다.

"누가 먼저 같이 하자고 했는데?"

"뭐, 먼저 같이 하자고 한 사람은 나지."

"네가 원인 제공을 했네?"

말이 끝나기 무섭게 녀석이 미간을 찌푸렸다.

"진짜 한마디 한 것 가지고 꼬투리 잡기냐?"

"그것 역시 원인은······."

됐다 싶은 표정으로 노아가 몸을 일으켰다. 쉬는 시간이 끝나고 수업을 알리는 벨이 울렸다. 책상에 엎드려 있던 아이들이 하나둘 몸을 일으켰다. 버튼을 누르자 책상 위로 모니터가 서서히 올라왔다. 'NC 센터' 창으로 접속한 뒤, 상담 신청을 터치했다. 가디들 중에서 최를 고르고 상담 시간을 입력했다.

'상담 가능.'

곧이어 최에게서 온 메시지가 깜빡였다. 나는 멀티워치를 껐다.

ID 카드의 넘버

헬퍼가 테이블 위에 커피 두 잔을 놓았다. 최가 의자를 가까이 당겨 앉았다. 창밖으로 노을이 지고 있었다. 문밖에서 헬퍼가 복도를 청소하는 소리가 들려왔다. 가정용 헬퍼는 거의 무음이라던데, NC의 헬퍼는 크고 투박하다 보니 모터 소리가 제법 컸다. 최가 조용히 커피 잔을 들어 올리며 나를 흘낏 곁눈질했다. 좁은 상담실 안 가득 진한 커피 향이 풍겼다.

"안 그래도 한번 부르려 했어."

그녀가 웃으며 잔을 내려놓았다. 나는 하얗고 둥근 테이블을 말없이 내려다보았다. 막상 상담을 신청했지만 무슨 얘기를 어떻게 꺼내야 할지 혼란스러웠다. 결코 박의 잘못이 아니라고 말하고 싶었지만, 입이 떨어지지 않았다. 두 사람은 센터 안의 누구도 자신들이 언쟁을 벌인 사실을 모를 거라 생각할 테니까. 혹시 최는 정말로 박이 실적에 목말라 내게 말도 안 되는 페인트를 강요했다고 믿는 걸까? 나는 아무쪼록 최가 박을 오해하지 않기를 바랐다. 그로서도 어쩔 수가 없었을 것이다. 본부의 계속되는 압력에 센터장으로서 그가 할 수 있는 일은 많지 않았을 테니까. 내 앞에서 주먹을 움켜쥘 만큼, 그렇게 감정을 드러낼 만큼, 박은 나에게 죄스러워하고 있었다. 그러지 않아도 되는데. 내가 박의 진심을 알고 있는 것만으로…….

"저 곧 부모 면접 본다는 말, 들으셨죠?"

최가 고개를 끄덕이고는 커피 잔으로 시선을 내렸다.

"사람들은 왜 아기를 안 낳으려고 하는 걸까요?"

예상치 못한 질문인 듯 최가 멍한 표정을 지었다.

쌉싸래한 커피 한 모금에 나는 속이 쓰렸다. 대답하기 어려운 질문이지만 답이 없는 것도 아니다.

"아주 오래전, 소가 논밭을 갈고 인간이 직접 농작물을 수확하던 사회에서는 아이를 정말 많이 낳았대요. 다산은 인간의 희망이었대요. 왜 그랬을까요?"

내 질문의 의도를 파악하려는 듯 최는 조용히 귀 기울였다.

"그 시절에는 아이가 곧 노동력이었으니까요. 직업 선택의 폭도 좁은 시대였잖아요. 한마디로 헬퍼 같은 존재들이 많이 필요한 시대였죠."

여자아이들은 엄마를 도와 동생들을 돌보았고 집안일을 했다. 남자아이들은 논과 밭, 숲과 들로 나가서 자기 몫의 일을 했다. 식구가 많을수록 가꿀 수 있는 땅도 넓어졌다. 생산을 늘려서 부를 쌓으려면 가급적 많은 아이들이 필요했다. 그러나 어느 순간 다시 세상은 뒤집혔다.

"학교에서 교육을 통해 다양한 지식을 습득하는 시대가 왔고, 그것으로 돈을 벌 수 있게 되었어요. 이제 사람들은 아이를 한둘만 낳아서 우수하게 키워 내려고 했어요. 과거에는 많은 자식들에게 자원을 투자할 여유가 없었지만 자식의 수가 적어지면서 투자할 수 있는 자원량도 늘어났겠죠."

출생을 장려해야 하는 인구 절벽의 시대가 온 것이다.

"가끔 생각하고는 해요. 유전자를 무시할 수 없다면…… 저를 낳은 부모도 저와 비슷한 성격을 가지고 있겠지, 하고. 아이가 생기자 그분들은 제가 자신들의 인생에 어떤 영향을 미칠지 곰곰이 생각해 봤을 거예요. 결국 필요 없다고 판단한 거죠. 물론 어디까지나 제 상상에 지나지 않아요. 두 사람이 마주 앉아 의논할 만큼 가까운 사이가 아니었을지도 몰라요. 나라는 존재는 깨끗이 잊었겠죠. 저는 가시처럼 뾰족한 성격을 물려받았고요. 어쨌든 그런 부모 밑에서 자랐다면…… 제 삶도 썩 편하지는 않았겠네요."

말하고 나니 가슴 한구석이 뻥 뚫린 것 같아서 나는 나도 모르게 피식 웃음이 나왔다. 그래, 애교라고는 찾아볼 수 없는 고슴도치 같은 아들과 사는 일은, 정말이지 재미없을 것이다.

최는 말없이 내 말을 곱씹고 있는 것 같았다. 무슨 이야기를 하고 싶은 거니, 표정으로 묻고 있었다.

"아이는 부모의 필요에 의해 태어난 존재들 같아요."

"……."

"필요에 의해 우리를 찾는 프리 포스터들처럼."

"하지만 제누, 부모란 꼭 필요에 의해서만……."

"사랑을 얘기하고 싶으세요?"

나는 고개를 들어 최의 까만 눈동자를 바라보았다.

"예를 들어, 어떤 사랑요?"

최가 당황한 듯 마른침을 삼켰다.

"너를 진심으로 위해 주고 아껴 주는."

"이게 다 너를 위해서야, 하면서 사랑을 가장한 억압과 통제 같은 거요?"

그것이 어떤 것인지는 정확히 알 수 없었다. 물론 NC에도 엄격한 규율과 통제는 있었다. 그러나 규칙을 어기지 않는다면, 남에게 피해를 주거나 폭력을 휘두르지 않는다면, 이곳의 가디들은 우리가 무엇을 하든 자유롭게 내버려 두었다.

"실은 네가 아닌 나를 위해서란다, 솔직하게 실토하는 게 낫지 않을까요?"

최는 대답 없이 잠자코 듣고만 있었다.

"저보고 어떤 부모를 선택하겠냐, 묻는다면 저는 자기감정에 솔직한 부모라고 답하겠어요. 그럴싸하게 포장하는 사람은 싫어요. 그래서 이번 부모 면접을 더더욱 원했어요. 저랑 잘 맞는 분들일지도 모르잖아요?"

"센터장님이 너를 많이 걱정해."

그리고 당신은 박을 많이 걱정하고요, 그렇게 말하려다 그만두었다. 양심에 찔려서 나는 자꾸 말을 쏟아내고 있는 건지도 몰랐다.

"걱정하는 만큼 믿고 있고."

"……."

"그 이유를 이제 좀 알 것 같네."

문밖으로 나서자 헬퍼들이 지나갔다. 센터에는 모두 몇 명의 헬퍼가 있을까? 몇 개의 헬퍼라고 해야 할까? 바깥세상에 살고 있는 사람들은 우리를 과연 몇 명이라고 생각할까? 아니면 몇 개라고 생각할까? 이런 것들이 쓸데없는 궁금증인 걸까. 헬퍼는 기능도 종류도 다양했다. 사람들은 자신에게 딱 맞는 헬퍼를 고르려고 노력한다. 이를테면 이곳 센터의 아이들이 부모를 선택하는 것처럼. 그런데 과연 완벽하게 딱 맞는다는 것이 존재할까?

무빙워크에서 내리자 복도에 서 있는 박이 보였다. 지금껏 그가 복도까지 나와서 나를 맞은 적은 없었다. 박은 언제나 인터뷰룸에서 프리 포스터들과 함께 나를 기다렸다. 무슨 일이기에 복도까지 나와 서성일까? 나는 걸음을 옮겨 가까이 다가갔다.

"제누 301."

나는 대답 대신 고개를 끄덕였다.

"지금부터 내가 하는 말 잘 들어."

평소답지 않게 긴장한 박을 보니 꼴깍 마른침이 다 넘어갔다.

"면접 시에 내가 가장 강조하는 게 뭐였지?"

"프리 포스터에 대한 예의요."

가디는 늘 상대에 대한 예의와 배려를 강조했다. 프리 포스터들이 마음에 들지 않더라도, 혹여 실망이 되더라도, 면전에서는 절대 티를 내서는 안 된다는 것이 페인트의 첫 번째 규칙이었다. 대답은 신중하되 단답형의 무성의한 답변은 금지. 반대로 묻지도 않은 이야기를 주저리주저리 떠드는 것도 금지. 아무리 상대가 마음에 들더라도 다음 일정은 반드시 가디에게 먼저 말할 것. 직접 일대일로 인터뷰 날짜를 잡는 것도 금지였다.

머릿속으로 꼼꼼하게 규칙들을 떠올리는데 박의 입에서 긴 한숨이 흘러나왔다.

"제누."

나는 박의 암갈색 눈동자를 쳐다보았다.

"오늘만큼은, 예의를 지키지 않아도 된다."

"……."

"이야기 도중에 싫으면 그냥 나가도 돼. 대답하기 싫으면 안 해도 돼. 그에 따른 책임은 내가 진다. 무슨 말 하는지 알겠니?"

좋은 부모를 만나려면, 먼저 좋은 아이가 되어야 했다. 우수한 성적보다 착하고 바른 인성을 우선시했다. 가디들이 가장 경계하는 것이 무례와 폭력이었다. 남에게 피해를 주는 행동은 그냥 넘어가지 않았다. 자신만 생각하는 이기적인 모습도 경고 대상이었다. 타인과 가족이 되려면, 그만큼 남을 배려하고 이해하는 마음을 길러야 했다. 그 때문에 NC의 아이들 그 누구도 면접을 신청한 프리 포스터들에게 불쾌감을 노골적으로 드러내지 않았다. 얼굴에서 싫고 좋음을 철저히 감춰야 했다. 이곳을 찾은 프리 포스터들이 우리를 향해 과한 미소를 머금는 것처럼, 우리 또한 상냥하고 친절한 모습을 보여야 했다. 그러나 인터뷰가 끝나면 솔직한 평가를 요구했다. 아이가 실망을 드러내면, 프리 포스터에게 정중하고 예의바르게 거절을 통보하는 것은 모두 가디언들의 몫이었다.

만에 하나 오늘 내가 페인트 도중에 자리를 박차고 나간다면, 규칙을 어기고 프리 포스터들을 불쾌하게 만든다면, 그 사실이 즉시 본부에 알려질 것은 뻔한 일이었다. 면접은 실시간으로 기록이 되니까. 만약 본부에서 문제를 삼는다면, 센터장인 박은 아이들의 교육 미숙으로 징계를 받을지도 모른다.

"제누, 대답해라."

"알겠습니다."

그가 고개를 끄덕이고는 희고 긴 손으로 내 어깨를 움켜잡았다.

문이 열리자 제일 먼저 눈에 들어온 사람은 최였다. 지금껏 두 명의 가디가 함께 페인트에 참관한 적은 없었는데. 내 시선이 홀로그램으로 보았던 두 사람에게 가닿았다.

"안녕하세요?"

꾸벅 고개를 숙이는 내게 두 사람도 가볍게 목례를 했다.

"아…… 안녕?"

어색하게 웃는 남자는 덥수룩한 머리에 찢어진 청바지 차림이었다. 운동화는 낡고 지저분했으며, 몸에서는 알싸한 물감 냄새가 났다. 나란히 서 있는 여자 역시 방금 집에서 나온 듯, 홀로그램 속에서 본 자유로운 스타일 그대로였다. 화장기 없는 얼굴에 하나로 질끈 묶은 머리, 목이 늘어난 티셔츠, 반바지에 스니커즈도 같았다. 정장을 입고 한껏 치장한 사람들만 보다가 이렇게 자유로운 영혼들을 마주하니 신선했다. 박이 한 말이 떠올랐다. 예의 없는 상대에게는 굳이 예의를 지키지 않아도 된다는 말. 그러나 이들에게서 무례함을 느끼지는 못했다.

"나는 서하나. 이쪽은 이해오름."

여자가 먼저 이름을 말했다.

"제누 301입니다."

내 말에 두 사람이 잠깐 서로를 보았다. 다시 내게 돌아온 여자의 시선이 이름의 뜻을 묻고 있었다. 뭐야, 이 사람들, NC에 대해 아무것도 모르고 찾아온 거야? 그 순간 관자놀이에 서늘한 시선이 느껴져서 나는 박을 향해 고개를 돌렸다.

'말할 필요 없어.'

박의 눈빛을 읽고 나는 두 사람을 향해 미소를 지었다.

"일월에 센터에 들어왔다는 뜻입니다. 재뉴어리(January)의 앞 글자를 따서 남자는 제누, 여자는 제니가 됩니다. 숫자는 저만의 고유 번호입니다."

"우리 ID 카드의 넘버와 같은 걸까?"

"그런가 봐."

거의 혼잣말에 가까운 남자의 말에 여자가 대꾸했다.

너희는 숫자로 불리는구나, 사람들은 너나없이 안쓰러운 표정을 지어 보였다. 자신들도 숫자로 관리되는 건 마찬가지면서. 이제껏 301이라는 숫자와 자신들의 ID 카드 넘버를 연결시킨 이들은 이 두 사람이 유일했다.

이제 뭘 어쩌죠, 싶은 눈빛으로 여자가 최를 바라보았다.

"우선 자리에 앉으시죠."

최의 말에 두 사람이 엉거주춤 의자에 엉덩이를 걸쳤다. 내가 의자를 끌어내자, 내 옆으로 최가 다가와 앉았다. 오늘 내 옆을 지키는 사람은 언제나처럼 박이 아니었다. 박은 두 사람에게 시선을 고정한 채 인터뷰룸 구석에 꼿꼿하게 서 있었다. 나는 비로소 박이 왜 굳이 내 옆자리에 최를 앉혔는지 짐작이 갔다.

'아니다 싶을 땐 면접을 중지해 주세요.'

어떤 경우에도 침착함을 잃지 않는 박이었지만, 살다 보면 침착함보다 빠른 판단력이 더 유용한 경우가 있다. 이 자리가 그렇다면 그 적임자로는 자신의 감정에 솔직하고 생각이 탄력적인 최가 적격일 것이다.

"차는 어떤 것으로……?"

당신은? 묻는 남자의 눈빛에 여자가 머뭇거렸다. 주스와 탄산음료를 주문한 남자는 나에게 뭘 마시겠냐고 묻지 않았다. 최는 한숨을 쉬듯 둘을 번갈아 보았다. 곧 헬퍼가 들어왔고, 테이블 위에는 차례대로 주스와 탄산음료, 커피, 그리고 마지막으로 차가운 얼음물이 놓였다. 얼음물은 최가 시킨 것이었다.

"저 헬퍼, 멋진데? 되게 커."

"저런 건 얼마나 하려나? 비싸겠지?"

헬퍼가 나간 뒤에도 두 사람은 한동안 헬퍼봇 이야기에 열을 올렸다. 두 사람의 눈에는 마주 앉은 내가 전혀 보이지 않는 모양이었다. 최가 큼큼 목소리를 가다듬으며 대화를 멈추라는 신호를 보내자, 여자가 아차, 싶은 표정으로 웃었다.

"죄송해요. 그럼, 이제 무슨 얘기를 하죠?"

억지로 끌어올린 최의 입꼬리가 미세하게 떨렸다. 이 사람들아, 부모 면접 몰라? 교육 안 받았어? 당신들이 어떤 사람들인지 아이에게 알려 줘야 할 것 아니야.

눈으로 서늘한 빛을 쏘아 대던 최가 애써 웃으며 말문을 열었다.

"간략하게나마 두 분의 소개를 하셔야 합니다. 왜 NC를 찾아왔는지, 그 배경도 들려주시면 도움이 되겠습니다."

두 사람의 시선이 다시 엉켰다. 이 사람들, 정말로 아무 준비 없이 이곳을 찾아왔구나. 이쯤 되면 박이 나에게 미안해하는 것도, 최가 박에게 화를 낸 것도 이해가 되었다.

"나는 한 퍼블리싱 회사에서 에디터로 일했어. 해오름은 그래픽 디자이너로 일했고. 멀티워치 하나면 어디서든 스크린을 볼 수 있는 요즘 같은 시대에 여전히 소수의 사람들은 종이책을 보거든. 책을 귀한 예술품으로 소장하는 사람들도 있고. 그런 사람들을 위해 일했어."

"그때 고전 예술품 시리즈 기획했으면 좋았을 텐데. 당신이 끝까지 반대했잖아."

남자가 아쉽다는 듯 입맛을 다셨다.

"유행을 따라가기는 싫었다고."

여자가 눈을 흘겼다.

"누가 따라가재. 우리는 우리만의……."

"싫어. 좋다, 하면 우르르 몰려가는 거."

"몰려가서 다들 재미 좀 봤지."

두 사람이 아옹다옹하자 최가 큼큼 기침을 했다. 아무래도 최는 오늘 꽤나 많은 큼큼 소리를 낼 것 같았다. 여자가 아차 싶은 얼굴로 남자의 팔을 툭 쳤다.

"그런데 우리는 둘 다 일 년 전에 일을 그만뒀어."

"왜요?"

내 질문에 남자가 겸연쩍은 듯 머리를 긁적였다.

"하나는 자기 글을 쓰려고 했고, 나는 내 그림을 그리고 싶어서."

"무모했지, 둘 다 그만둔 건."

여자가 말을 받자 남자가 시무룩한 표정으로 중얼거렸다.

"나는 아버지가 그렇게 화를 낼 줄은 몰랐어."

"그래서, NC는 왜 찾아오신 거예요?"

내가 물었고, 최의 잔에서 얼음이 잘그랑 부딪치는 소리
가 났다. 여자가 힐끗 눈치를 보았고 남자도 당황한 표정을
숨기지 못했다.

　"NC의 아이를 입양할 경우……."

　"첫 면접은 간단히 인사만 나누는 자리입니다. 얼굴만 보
는 것으로 끝내는 경우가 많습니다. 오늘은 아무래도 여기
까지 하는 게 좋겠습니다. 그 대답은 다음번 인터뷰 때 천천
히 하셔도 될 것 같네요. 좀 더 심사숙고하신 다음에 말이죠."

　최가 강한 어조로 말을 마쳤고 몸을 일으켰다. 첫 면접을
이런 식으로 중단한 적은 없었다. 짧아도 너무 짧았다. 왠지
서운한 눈빛으로 나는 최를 보았다. 드르륵 두 사람의 의자
가 뒤로 밀리고 어색한 인터뷰룸 가득 묘하고 낯선 분위기
가 감돌았다.

　"저희가 너무 아무런 준비 없이 왔죠? 필요한 서류도 허
겁지겁 준비했고 홀로그램도 서둘러 보내 드려서, 전혀 기
대를 안 했거든요. 그냥 뭐랄까, 사실 준비하는 내내 우리 엄
마가 떠올라서……. 내가 엄마를 면접 보면 어떤 기분일까
하는 생각에 잠도 잘 못 잤거든요. 자기도 그러지 않았어?"

　"난 엄마는 괜찮아. 문제는 아버지지."

　남자가 동조하면서 말했다.

"아무튼 만나서 반가웠어, 제누 301."

여자는 내게 손을 내밀지는 않았다. 첫 만남에서 신체 접촉 금지라는 규칙을 숙지하고 있어서는 아닌 것 같았다. 단지 내가 불편해할까 봐 그런 것 같았다.

"나도 반가웠어. 여긴 사람들이 생각하는 것처럼 이상한 곳은 아닌 것 같아. 생각했던 것보다 훨씬 멋진데?"

"안녕히 가세요."

내가 인사를 마치자마자 뒷문이 열리고, 두 사람에게 길을 안내해 줄 헬퍼가 나왔다. 문이 닫히기가 무섭게 최가 테이블에 놓인 얼음물을 벌컥벌컥 들이켰다.

"저렇게 정신없는 사람들은 앞으로도……."

최가 질끈 아랫입술을 깨물었다. 박 역시 굳은 표정이었다.

"수고했다."

"다음 인터뷰는 언제 할까요?"

그리 놀라운 질문도 아닌데, 두 사람 모두 얼어붙었다.

"왜 안 물어보세요, 점수?"

"……."

"85점이에요."

"제누, 미안하지만 농담할 기분 아니야."

"제가 점수로 농담하는 것 봤어요?"

"제누."

최가 이건 아니라는 듯 말을 잘랐다.

"다음 인터뷰 잡아 주세요. 그럼, 감사합니다."

나는 두 사람에게 인사를 한 뒤 인터뷰룸에서 나왔다. 등 뒤에서 들려오는 최의 목소리를 애써 모른 척하고 재빨리 무빙워크에 올랐다. 문득 가디 없이 저 프리 포스터들과 산책을 해 보고 싶다는 생각이 들었다. 가디에게 말하면 뭐라고 할까? 이상하게 자꾸만 웃음이 나왔다.

멀티워치로 게임을 하고 있는데, 문밖에서 벨이 울렸다.

"누가 왔나 봐."

아키의 말에 나는 보안, 하고 말했다. 문이 유리처럼 투명해졌다.

"어, 가디다."

아키가 소리쳤다.

"오픈."

문이 열리자 박이 엷은 미소를 띠며 안으로 들어왔다.

센터의 모든 것을 감독하는 가디들은 가끔 예고 없이 불시에 생활관을 찾았다. 아이들의 건의 사항과 문제점을 파악하기 위해서라지만, 이렇게 늦은 시각에 생활관을 찾는 가디는 드물었다. 나는 멀티워치를 끄고 침대에서 몸을 일으켰다. 꾸뻑 고개를 숙이는 아키를 향해 박이 한 발 가까이 다가섰다.

"아키 505, 다음 주에 첫 면접 잡혔다. 자세한 일정은 내일 알려 주겠다."

설렘 가득한 표정으로 녀석이 두 눈을 반짝거렸다.

"어떡해요. 저 너무 떨려요."

"떨리기는 무슨."

"내가 떨린다는데 왜 형이 난리야?"

툴툴거리는 아키의 머리를 박이 부드럽게 어루만졌다.

"긴장할 것 없다. 좋은 분들이야. 마음 편히 먹어."

첫 프리 포스터가 부모가 되는 건 박이 환하게 웃는 모습을 보는 것만큼이나 드문 일이지만, 그렇다고 불가능한 일도 아니었다. 박도 사람이니 아주 가끔은 웃을 테니까. 그러니 첫 프리 포스터가 아키의 부모가 될 행운을 기대해 봐도 되지 않을까.

"그 얘기를 해 주시려고 직접?"

아키가 박의 눈치를 살피며 슬그머니 말끝을 흐렸다.

"너희들이 어떻게 생활하고 있나 볼 겸."

박이 좁은 방 안을 둘러보았다. 침대와 책상, 옷장이 전부인 방이었다. 다른 녀석들 방에는 좋아하는 스타의 사진도 붙어 있는 듯했지만 우리는 그런 것에 관심이 없었다. 청소와 빨래는 모두 헬퍼의 몫이니 방은 깨끗하다 못해 삭막했다.

방을 살피던 가디의 시선이 책상 위에 놓인 낡은 책 한 권에 닿았다.

"무슨 책이지?"

박이 책상으로 다가가 내가 읽던 책을 집어 들었다. 며칠 전 도서관에서 빌린 거였다. 아이들 대부분이 전자책을 읽지만 나는 도서관에서 종이책을 빌려 오고는 했다. 낡은 책 냄새가 좋았다. 손으로 한 장 한 장 페이지를 넘기는 것도 나쁘지 않았다. 사락사락 책장 넘기는 소리, 종이책만이 가지고 있는 독특한 냄새까지. 아무리 기술이 발전한다 해도 종이책이 영원히 사라지는 일은 없을 것 같았다.

"『정복자 아론』이라는 소설이에요."

박의 눈동자에 호기심이 어렸다.

"원숭이 무리 중에 아론이라는 강한 수컷이 있었어요. 아론은 우두머리를 처단하고 자신이 왕이 되죠. 왕권을 잡은 아론이 가장 먼저 한 일은, 전 우두머리의 새끼들을 무리에서 내쫓고 죽인 거예요. 녀석은 겁이 났던 거예요. 언제고 새끼들이 자신처럼 건장한 수컷으로 자라서 공격하러 올지도 모르니까. 그 뒤로 어떻게 되었을까요?"

박이 대답 대신 어깨를 으쓱해 보였다.

"몇 년이 지난 후, 아론에게서 간신히 목숨을 건지고 무리에서 쫓겨나 혼자 생활하던 던컨이 똑같은 방식으로 아론을 처단해요. 그리고 아론이 그랬던 것처럼 전 우두머리의 새끼들을 몰아내고 죽이죠."

나는 씁쓸하게 웃었다.

"물론 그때도 살아남은 새끼 원숭이가 있어요. 에드거라는 이름의 작고 연약한 수컷이에요."

박이 고개를 끄덕였다.

"던컨은 왕이 되어서도 평생 불안해할 것 같지 않나요? 설령 에드거가 작고 약한 새끼라고 해도."

"……."

아무리 강한 힘으로 권력을 얻었다고 해도, 전 우두머리의 새끼를 물리치고 약한 상대를 짓밟는다고 해도, 승리의 시간은 결코 영원하지 않을 테니까.

"에드거가 언제 다시 돌아와 목을 물어뜯을지 모르잖아요."

박은 한동안 아무 말도 하지 않았다. 그저 물끄러미 나를 보았는데, 그 시선은 나를 지나 어떤 기억 속의 한 장면을 보고 있는 것 같았다. 만약 내가 그를 부르지 않았다면 박은 밀랍 인형처럼 평생 그렇게 서 있을 것만 같았다.

가디, 부르는 내 목소리에 낮잠에서 막 깨어난 것처럼 박이 흠칫 몸을 떨었다.

"흥미로운 책이구나."

그러나 박의 시선은 텅 비어 있었다. 박과 마주 선 나 역시 몽롱한 기분에 사로잡혔다. 그 순간 아키의 멀티워치가 요란하게 울렸고 나도 정신을 차렸다.

"준이 잠깐 보자는데요?"

분위기가 묘해졌다는 걸 아키도 느낀 모양이었다. 눈치가 빠른 녀석이니. 박이 내게 뭔가 할 말이 있어서 왔다는 사실을 알아챘겠지.

"잠깐 나갔다 와도 되죠?"

박이 고개를 끄덕이자 아키가 방에서 나갔다. 이제 이곳에는 박과 나 둘뿐이었다. 이쯤에서 본론으로 들어가는 것이 좋지 않을까 싶은 생각에 나는 먼저 입을 열었다.

"이제 말씀하세요."

책을 내려다보던 박이 나를 보았다.

"내가 무슨 말을 하려는지 알지?"

물론이다. 박이 문밖에 서 있는 모습을 본 순간 예상하고 있었다.

"전혀 준비가 안 된 사람들이다."

박의 목소리는 언제나처럼 낮고 차분했다. 하지만 그가 많이 후회하고 있다는 것쯤은 느낄 수 있었다. 나는 박을 향해 한 걸음 다가섰다.

"그럼 이곳에 오는 다른 사람들은 준비가 됐고요?"

나는 박이 말한 준비의 의미를 알고 싶었다. 부모가 된다는 건 과연 무엇일까? 아이를 맞이할 준비란? 준비를 하면 좋은 부모가 될 수 있을까? 물론 박이 무엇을 걱정하는지 대략은 알고 있었다. 새 가족을 맞이한다는 건 생각보다 복잡하고 어려운 일이니까.

"NC에 대해 알아보고, 센터의 아이들은 어떻게 자라는지, 부모 면접을 보기 위한 서류는 무엇이고 홀로그램은 어떻게 준비하며, 각종 검사에서 높은 점수를 받는 방법과 센터의 방문 조건은 무엇인지, 사전 교육은 어떤 식으로 진행하는지……."

내가 늘어놓은 조항들은 사실 나조차도 잘 모르는 것들이었다. 어떤 조건을 충족해야 이곳에 올 수 있는지 자세한 내용은 가디들이 알고 있었다. 전과 기록이 없고, 거주지가 분명하며, NC에서 실시하는 여러 가지 심리 검사를 통과해야 한다는 것, 이 밖에도 많은 조항들이 있겠지만 내가 아는 건 그 정도였다.

"프리 포스터들은 마치 육아 서적을 열심히 읽은 후에 자, 이만하면 아기를 낳아도 되겠어, 생각하는 사람 같지 않나요?"

"⋯⋯."

"세상 어떤 부모도 미리 완벽하게 준비할 수는 없잖아요."

"⋯⋯."

"부모와 아이와의 관계, 그건 만들어 가는 거니까요."

아키와 나눴던 대화가 떠올랐다. 알게 모르게 나도 아키에게 영향을 받은 모양이었다.

"그 관계를 좋은 쪽으로 발전시킬 수 있도록 노력하는 것이 바로 우리들의 일이다."

물론 박이 걱정하는 것도 무리는 아니었다. 일전에 만난 젊은 프리 포스터들은 어떻게 센터 방문까지 허락받았는지 믿기지 않을 만큼 NC에 대해 백지 상태였다. 그래, 육아서를 전혀 읽지 않은 부모보다 한 권이라도 읽은 부모가 더 낫다는 건 사실인지도 몰랐다. 그만큼 아이에게 관심을 기울인다는 뜻이고 잘 키우기 위해 노력한다는 증거일 테니까.

그러나 그런 준비들이 역효과를 일으키는 경우도 있었다. 있는 그대로의 아이가 아닌, 부모의 계획대로 만들어지는 아이도 있을 테니까.

"가디, 우리는 아기가 아니에요. 열세 살부터 부모를 선택할 수 있다는 게 무얼 뜻하는지 아시잖아요."

"……."

"아무리 부모라도 아닌 건 아니다, 틀린 건 틀렸다고 말할 수 있는 나이라는 거죠. 우리를 지금까지 쭉 그렇게 교육시킨 건 바로 가디 아니었나요?"

때로는 부모이기에 나약하고, 부모이기에 무너져 내릴 때가 있겠지. 거짓말도 하고, 잘못된 판단도 하겠지. 노아의 전 부모님이 그랬던 것처럼 말이다. 우리가 부모에게 길을 안내해야 할 때도 있을 것이고 어깨를 빌려줘야 하는 상황도 생기겠지. 이 모든 가르침은 바로 가디에게서 비롯되었다.

"저는 쫙 빼입은 정장에 준비된 인사말을 외듯이 내뱉는 사람들을 원하는 게 아니에요. 제가 말할 때 아, 그래? 그럼 다른 걸 해 볼까? 말할 수 있는 부모를 원한다고요."

나는 일전에 만난 젊은 프리 포스터들에 대해서 거의 아무것도 모른다. 몇 분 동안 이야기를 나눈 게 전부니까. 하지만 처음 만났을 때 묘한 기분이 들었다. 어쩐지 이들이라면 나를 잘 이해해 줄 것 같은 좋은 느낌 말이다.

"가디는 이유 없이 그냥 느낌이 좋은 사람 없었어요?"

"……."

"부모를 결정하는 선택권은 전적으로 우리에게 달려 있다, 아닌가요?"

"맞아."

"그럼 두 번째 인터뷰 진행시켜 주세요."

잠시 생각에 잠긴 그가 힘없이 고개를 끄덕였다.

"네 생각이 정 그렇다면, 존중하마. 늦었으니 그만 쉬어라."

"가디."

박이 다시 나를 향해 몸을 돌렸다.

"얼굴이 어두워 보여요. 설마 저 때문에 그러신 거예요?"

"……."

단순히 피로 때문만은 아닌 것 같았다. 아무리 힘들 때에도 눈빛만큼은 반짝이던 사람이었다. 하지만 박의 눈동자는 탁해 보였고 얼굴에는 핏기가 없었다.

"네가 만약 살아남은 새끼 원숭이 에드거였다면 어떻게 했을까? 너도 던컨이 그랬듯 공격적인 수컷이 되어 지금의 우두머리를 처단할 것 같니?"

박의 질문을 듣자 나는 문득 이 책의 저자가 왜 마지막으로 살아남은 새끼 원숭이에게 '에드거(Edgar)'라는 이름을 붙여 주었는지 떠올랐다.

"마지막으로 살아남은 새끼 원숭이의 이름이 에드거잖아요. 에드거라는 이름의 어원은 행복을 만드는 사람, 뭐 그런 거래요. 이 녀석이 영리하다면 복수심 때문에 아론이나 던컨처럼 평생 불안해하며 살지는 않을 것 같아요. 에드거의 행복은 그야말로 녀석의 손에 달려 있으니까."

박의 입가에 미소가 번졌다. 그때 복도 가득 아키의 목소리가 들려왔다. 녀석은 첫 페인트를 앞두고 적잖이 들뜬 모양이었다. 나는 강에서 아버지와 낚시를 하는 아키를 상상했다.

어른이라고 다
어른스러울 필요 있나요

    페인트를 마친 아키의 표정이 밝지 않았다. 부루퉁한 얼굴로 벌컥 문을 열더니 침대에 걸터앉아 한껏 두 볼을 부풀렸다. 상황이 심각한 것 같아 선뜻 묻기가 힘들었다. 첫 면접에서 부모를 만나기 어렵다지만, 정말 조건이 좋은 사람들이었고 아키와도 잘 어울려 보였는데. 설마 거짓말을 했던 걸까? 아니, 그럴 리 없었다. 신원 검증은 센터의 철칙이니까. 생각보다 나이 차가 크게 느껴져 실망한 걸까? 기대보다 다정하지 않았나? 눈은 책에 가 있었지만 내 신경은 온통 아키에게 집중되었다.

    "가디, 너무해."

아키가 잔뜩 볼멘소리로 중얼거렸다. 혹시 가디가 실수로 아키에게 엉뚱한 사람을 면접 보게 한 건 아닐까? 그렇다면 정말 큰일이다. 부모 될 사람의 첫인상은 아이들의 머릿속에 오랫동안 각인된다. 라스트 센터에서 열네 살은 열세 살 다음으로 어린 나이였다. 쉽게 상처받을 수 있는 예민한 시기였다. 그 때문에 첫 부모 면접은 센터의 모든 가디들이 회의에 회의를 거듭한 끝에 이루어졌다. 아키처럼 여리고 예민한 아이라면 더욱 세심하게 준비했을 텐데. 활짝 웃으며 들어와도 모자랄 판에 뿔이 나 있다니. 더 이상 눈치만 보고 있을 수 없어 나는 책을 탁 소리 나게 덮었다.

"아키, 무슨 일인데?"

"아니, 어떻게 그런……."

원숭이도 나무에서 떨어진다고 하던데, 박이 무슨 실수를 저지른 걸까. 나는 침대에서 내려와 아키에게 다가갔다.

"가디가 뭔가 실수했나 보네. 아쉽더라도 네가 좀 이해해 줘라. 안 그래도 요즘 본부에서 엄청 쪼아 대나 봐. 가디들이 사전 면접을 보고 승인 불가 처리를 내려도 서류상 문제만 없다면 일단 페인트를 진행시키라는 지침이 내려왔대."

그 덕분에 하나와 해오름같이 독특한 사람들도 만나게 되었지만 말이다. 예전 같았으면 두 사람은 이미 가디 선에서 잘렸을 것이다. 나는 녀석의 어깨를 다독여 주었다.

"아키, 잊어버려. 첫 면접에 좋은 프리 포스터 만나기 어렵다는 거, 너도 알잖아. 그냥 훌훌 털어 버려."

"형, 그게 무슨 말이야?"

아키가 눈을 동그랗게 떴다.

"뭐긴, 너 힘내라는 소리지. 그리고 가디를 너무 원망하지 마. 누구보다 좋은 부모를 소개해 주려고 밤낮없이……."

말이 끝나기도 전에 아키가 내 말을 잘랐다.

"그분들, 진짜 좋아. 기대보다 더 인자하시고 좋은 분들이었어."

이번에 눈을 동그랗게 뜬 건 나였다.

"할머니는 벌써 내 옷도 사 놨대. 내가 윈드 보드를 탄다고 하니까 할아버지가 나도 배울까, 배워야겠다, 이러시는 거 있지? 나한테 예쁜 옷도 선물하고 맛있는 도시락도 준비해 오고 싶었는데, 첫 인터뷰에는 어떤 선물도 금지라서 빈손으로 오셨다고 미안해하시더라고. 시간이 짧았어. 더 얘기하고 싶었는데."

갑자기 머릿속의 퍼즐 조각들이 흩어지는 기분이었다. 뭐가 어떻게 돌아가는 건지 상황 파악이 안 되었다. 조금 전까지만 해도 최악의 페인트를 치른 사람처럼 씩씩대더니,

녀석의 눈동자에 하트가 반짝거리고 있었다. 뭐야, 이 녀석.

"좋았다는 거야, 나빴다는 거야?"

"신기한 게 뭔지 알아? 내 얼굴이 두 분의 장점만 쏙 빼닮았대. 할머니의 둥근 눈과 할아버지의 도톰한 입술이 나랑 닮았어. 이런 게 인연이라는 건가? 맞지? 이거 인연이지?"

나는 오른쪽 다리에 힘을 실어 삐딱한 자세로 팔짱을 꼈다. 아랫입술을 질끈 깨물었다. 아키가 첫 면접에서 좋은 프리 포스터들을 만났다니 이보다 더 기쁠 수가 없는데, 웃음이 나오지 않았다.

"아키 505."

왜, 형? 묻는 표정으로 녀석이 멋쩍게 웃었다.

"그렇게 좋았으면서 왜 씩씩거리며 들어왔냐? 가디가 너무했다며. 엉뚱한 사람이랑 면접을 봤나 오해했어."

"아, 가디가 너무하긴 했지!"

"도대체 뭐가?"

"아니, 딱 오 분만 더 얘기하겠다는데 그걸 칼같이 자르는 경우가 어디 있어? 그뿐인 줄 알아? 안아 보겠다는 것도 아니고 악수만 하겠다는데, 고작 손 한 번만 잡아 보겠다는데 신체 접촉은 안 됩니다,라니. 아우! 어떻게 사람이 작은 틈 하나가 없지!"

헛웃음이 나왔다. 아, 이 꼬맹이 녀석!

"그런 성격이라서 너한테 딱 맞는 부모를 찾아 준 거야. 네가 치를 떠는 그 꼬장꼬장한 성격이라서."

손가락을 튕겨 아키의 이마를 때리자 딱 소리가 좁은 방을 울렸다.

"형, 폭력죄로 신고할 거야."

"해라."

"2차 페인트는 신청했는지 안 물어봐?"

"네 귀에 걸린 입이 다물어지면 그때 물어볼게. 가디가 뭐래?"

녀석이 쑥스러운 듯 머리를 긁적이며 헤벌쭉거렸다.

"내년에 바다 여행은 같이 못 갈 수도 있겠군."

아키가 박의 말투를 따라 했다. 그래, 그때면 아키는 부모와 여행을 떠나 있겠지.

"형, 나는 가디가 뭐랄까, 한 번도 입지 않은 새 옷 같아."

"새 옷?"

아키가 고개를 끄덕거렸다.

"흐트러짐이 없잖아. 주름 하나, 먼지 하나 없는 사람. 작년에 우리가 바다 여행을 갔을 때 다른 가디들은 바다에 들어가 함께 어울려 노는데 박은 먼발치에서 바라만 봤잖아.

최도 수영을 하고 비치볼도 했는데."

NC 센터는 여름과 가을, 일 년에 두 번 바닷가나 산으로 여행을 간다. 사람들은 어느 학교에서 단체로 여행을 왔구나, 할 것이다. 그날은 모두 어울려 밤새 웃고 즐긴다. 그러나 이런 왁자지껄한 분위기 속에서도 박은 혼자 덩그러니 떨어져 서류를 정리하거나 조용히 책을 읽었다. 그렇다 보니 아키가 박을 보며 새 옷을 닮았네, 흐트러짐이 없네 운운하는 것도 무리는 아니었다.

"야, 박도 사람이야."

나는 아키의 머리를 헝클어뜨렸다. 자꾸 박의 그늘진 얼굴이 떠올랐다. 마치 환영처럼, 빛의 잔상처럼……. 그래, 박도 사람이었다. 작은 일에도 고민하고 힘들어하는, 우리와 똑같은 사람.

내가 2차 페인트를 진행한 게 언제인지 기억조차 나지 않는다. 오랜만에 2차 페인트를 하려니 마치 어릴 적 장난감을 꺼내 보는 기분이었다. 뭐, 그만큼 포근한 상황은 아니지만 말이다.

인터뷰룸의 문을 열자 방 한가운데 최가 서 있었다. 2차 페인트는 1차보다 중요했다. 서로의 소개가 끝난 뒤라 더 심도 깊은 이야기가 오가게 마련이다. 혹시 아이들이 잡아내지 못하는 프리 포스터의 실수나 사소한 버릇까지 가디가 곁에서 꼼꼼히 체크했다. 때로는 무심코 뱉은 한마디에 인성이 드러나는 경우도 많았으니까.

오래전이었다. 말끔하게 차려입은 사십 대 부부가 센터를 찾아왔다. 재산과 직업, 자라 온 환경 모두 빠질 게 없는 사람들이었다. 남자는 근사한 양복, 여자는 단정한 투피스 차림이었다. 두 사람은 정중했고 상냥했으며 따뜻한 시선을 건넸다. 페인트를 진행한 아이의 호감도와 면접 점수도 높았다. 열흘 뒤 드디어 2차 페인트가 시작되었다. 간단한 인사만 오갔던 첫 면접과 달리 아이와 부부는 이런저런 개인적인 이야기를 주고받았다. 이때도 남자와 여자 모두 세련된 정장 차림이었다. 여자는 마흔다섯 살이었는데, 어깨까지 내려오는 긴 생머리에 맑은 피부를 지닌 미인상이었다. 그러나 면접이 진행될수록 뭔가 어색한 점이 센터장의 눈에 띄었다. 여자가 이야기하는 동안 단정히 빗어 내린 그녀의 머리카락이 가슴 쪽으로 넘어왔는데, 그때마다 남편이 그녀의 머리칼을 살뜰하게 등 뒤로 넘겨 주었던 것이다. 얼핏 보면 크게 문제가 될 만한 행동은 아니었다. 오히려 아내를 아끼는 자상한 남편의 모습이라고 말할 수도 있었다. 하지만 남자의 행동이 반복되자 센터장의 표정이 점점 어두워졌다. 남편은 아내의 머리칼이 움직이는 것을 한순간도 견디지 못했다. 제법 신중한 대화를 나누는 와중에도 그랬다. 두 사람이 돌아간 뒤, 박은 다른 가디들에게 남자에 대한 보충 조사를 요청했다. 남자는 주위 평판이 좋은 사람이었다. 성실하고 깔끔하며 자기 관리에 철저한 사람이었다. 그게 전부일까? 의심하는 박에게 누군가 다른 소식을 전했다.

남자는 정리 정돈에 집착했다. 특히 물건을 정리하는 데 강박이 있었다. 집과 자동차, 하물며 아내까지 자신이 원하는 대로 한 치의 흐트러짐 없이 놓여 있어야만 안정감을 느낄 수 있었다. 남자는 아이를 원한 것이 아니었다. 가족이라는 울타리 안에 놓고 입맛대로 꾸밀 수 있는 살아 있는 인형이 필요했을 뿐이다. 남자는 결국 블랙리스트에 이름이 올랐고, 페인트를 신청하는 프리 포스터들의 심리 검사는 전보다 몇 배 더 강화되었다. 아이의 눈에는 한없이 자상하게 보였던 모습이 박에게는 위험처럼 느껴졌다. 그것이 어른의 시각이었고 무시할 수 없는 연륜이었다.

그렇다 보니, 나의 2차 페인트에 박이 참가하지 않는다는 사실이 의아하게 여겨졌다. 한 번도 센터장 없이 2차 면접이 진행된 적은 없었다. 설마 그럴 줄은 생각지도 못했는데. 융통성이라고는 새똥만큼도 없는 박이지만, 나는 어쩐지 박이 없다는 사실이 찜찜했다.

두 사람은 역시 가벼운 평상복 차림이었다. 어색함을 감추지 못했던 첫 만남과 달리 한결 긴장이 풀린 얼굴이었다.

"안녕하세요."

나는 두 사람을 향해 꾸벅 고개를 숙였다.

"어, 안녕?"

두 사람은 어린아이처럼 팔랑팔랑 손을 흔들었다.

면접 순서는 처음과 같았다. 음료를 주문하자 곧 헬퍼가 들어와 주스와 탄산음료 등 마실 것을 놓고 갔다. 남자가 히죽 웃으며 말했다.

"하나는 절대 연락이 안 올 거라고 했어. 너 같으면 우리 같은 부모를 만나고 싶겠니,라는 말까지 했다니까."

남자가 혼자서 키득거리는 동안, 여자가 주스를 쭉 들이켰다.

"사실이잖아. 심리 검사도 간신히 통과⋯⋯."

남자가 쉿, 검지를 입에 가져다 댔지만 여자는 굴하지 않았다.

"우리가 속인다고 모를 것 같아? 여기 분들, 우리보다 우리를 더 잘 알걸?"

안 그래요? 묻는 여자의 시선을 최는 모른 척했다. 지난번과 다르게 최는 차분하고 조용했다.

"나는 왠지 제누에게서 연락이 올 것 같았어. 백 퍼센트 장담은 못했지만. 하나가 내기하자고 했을 때 할걸."

최가 미간을 찌푸렸다. 아이의 입양 문제를 난센스 퀴즈 풀듯이 가볍게 생각하지 말라는 핀잔이었다. 그러나 뭐, 그게 대수일까. 열일곱 살이나 된 아이가 뒤늦게 부모를 만들겠다고 마주 앉아 있는 것 자체가 난센스인데.

"제 인상은 어땠어요?"

내 질문에 여자가 나를 끄르미 보았다. 다소 고집이 있지만 빈틈이 많은 얼굴이었다. 사람 좋은 모습으로 허허 웃지만 오히려 틈이 없는 건 남자 쪽 같았다. 모른 척 없는 척 아닌 척, 남자는 여자의 빈 곳을 꼼꼼하게 채워 주는 것 같았다. 나와의 재회를 예상했다니 의외였다. 사람 보는 눈이 있다는 뜻이었다.

"솔직히 말해도 돼?"

여자의 말에 최가 두 눈에 날을 세웠다. 참 이상하다. 솔직한 건 나쁜 것이 아닌데 누군가 솔직히 말해도 돼? 하고 물으면 긴장부터 한다. 사람들이 진정 원하는 건 솔직함이 아닐지도 모른다. 그럴싸하게 포장한 거짓인지도.

"네, 전 솔직한 게 좋아요."

나는 고개를 끄덕였다.

"음, 조금 어둡다고 생각했어. 그러니까, 사회에서 NC를 바라보는 시선처럼……. 한편으로는 뭐랄까, 당당하다고 해야 하나? 아, 당당하면 안 된다는 게 아니라…… 그냥 자신 있는 모습이 보기 좋았어."

무슨 뜻인지 알지, 하는 얼굴로 여자가 어색하게 웃었다. 물론 누구보다 잘 알았다. 사회에서 NC의 아이들을 배척하려면 계속해서 안 좋은 이미지를 덧씌워야 했다. 진실은 자신에게 이득이 될 때에만 쓸모가 있다. 그게 진실의 역할이었다. 사람들이 NC 출신과 자신들은 다르다고 선을 긋는 것이 이득이라고 믿는다면, 그게 곧 진실이 될 수밖에 없었다.

"제가 부담스럽지 않으세요? 벌써 열일곱인데."

왜 나에게 관심을 보이느냐는 질문이었다. 신중하게 생각하라는 최의 조언을 과연 두 사람은 어떻게 받아들였을까?

"친부모 밑에서 자라지 않은 아이들은 나와 다르다고 생각했어. 사회에서 그런 분위기로 몰아가니까. 예전에만 해도 무슨 범죄자 집단……."

"언어 선택에 신중을 기해 주시면 감사하겠습니다."

최의 날선 반응에 여자는 아차, 싶은 표정이었다.

"미안."

"괜찮아요."

NC 출신들을 잠재적인 범죄자 취급하는 시선은 나도 알고 있다. 그런 낙인 때문에 NC의 아이들이 그토록 열심히 부모를 만들려 하는 것이다.

"그런데 생각이 바뀌었지. 친부모 밑에서 자란 아이들이라고 문제가 없을까? 나는 내 부모가 누군지 알아. 할아버지 할머니도. 거슬러 올라가면 내가 누구에서부터 비롯되었는지 알 수도 있겠지. 하지만 어느 날 갑자기 그런 생각이 드는 거야. 내가 만약 우리 부모님 아래서 자라지 않았다면 나는 지금쯤 완전히 다른 성격으로 다른 삶을 살고 있지 않을까? 결국 내가 나를 이룬다고 믿는 것들은 사실 내가 모르는 사이에 만들어진 것들이잖아. 내 기억은 초등학교 2, 3학년 때부터 시작하는데, 또렷하지는 않아. 그럼 기억이 형성되기 전의 나는 어떻게 키워졌을까? 그때 NC 센터가 생각났어. 내가 청소년 시절에 너만 할 때 우리 부모님을 만났다면 어떤 관계가 되었을까? 사실 나는 엄마한테서 상처를 많이 받았거든. 물론 나도 온갖 짜증과 심술로 엄마를 힘들게 했지. 대부분의 아이들이 가족한테서 가장 크게 상처를 받잖아. 그래서 우리는 아이를 낳지 않기로 한 거야. 내가 나도 모르는 사이에 한 아이의 성격과 가치관, 나아가서는 인생까지 좌지우지할지도 모른다고 생각하니 덜컥 겁이 났거든. 아기를 키우는 것 또한 보통 일이 아닐 테고. 어쨌든 한동안 심각하게 고민했어."

여자가 말을 멈추자 인터뷰룸 가득 짙은 고요가 차올랐다. 복도를 청소하는 헬퍼의 기계 소리만이 귀를 울렸다.

NC 센터를 찾아온 프리 포스터 중에서 이런 식으로 자기 이야기를 풀어놓는 사람은 단 한 명도 없었다. 적어도 내가 알기로는. 의외의 답변을 듣고 보니 갑자기 머릿속이 복잡해졌다.

"글을 쓰신다고 했죠?"

"자기야, 나 방금 소름 돋은 거 알아? 봐 봐, 내 팔. 저 아이가 내 마음을 읽었어."

여자가 소매를 걷어 보였다. 최가 한숨을 쉬었다. 정작 나는 이 상황이 재미있어서 자꾸 웃음이 새어 나왔다.

"그렇게 소설 쓰듯이 주저리주저리 말하는데 누가 안 떠올리겠냐?"

남자가 심드렁하게 말했다. 여자는 어느새 사뭇 진지한 얼굴이었다.

"나는 두 가지를 알고 싶어. 정말 사람들이 말하는 것처럼 NC 출신들이 문제가 많은지, 그리고 인격이 형성된 후에 부모를 만나면, 그러니까 전혀 다른 환경에서 자란 아이가 어느 날 가족이 되면 과연 어떤 생활을 하게 될지. 그 이야기를 써 보고 싶어."

그 순간, 드르륵 의자가 뒤로 밀리는 소리가 들렸다. 최였다. 놀란 세 사람의 시선이 최의 얼굴에 가닿았다.

"그만 돌아가 주시기를 부탁드립니다."

최의 목소리는 그 어느 때보다 차가웠다.

"가디."

"두 분께서 센터를 찾으셨을 때는 분명 새로운 가족이 필요해서라고 하셨습니다."

"맞아요. 우린 가족이 필요해요."

여자가 당황한 얼굴로 고개를 끄덕거렸다.

"아이는 실험 대상도, 연구 대상도 아닙니다. 글의 소재는 더더욱……."

"제 말이 그 말이에요. 아이는 절대 실험 대상도 연구 대상도 아닌데, 많은 부모들이 아이를 자신에게 맞추려고 끊임없이 연구하고 실험하잖아요. 여자아이 중에서 프릴 달린 원피스에 반짝이는 에나멜 구두를 싫어하는 아이도 있지 않겠어요? 고작 열 살짜리가 억지로 간 발레 학원에서 발끝으로 온몸을 지탱한다고 생각해 보세요. 너무 끔찍한 일 아니에요? 덕분에 그 아이는 어른이 되어서도 구두를 신지 못하게 됐죠."

"하나야, 그 아이보고 진정 좀 하라고 하자. 우리가 지금 어디에 있는지 제발 잊지 마."

남자가 여자를 다독이고 자리에서 일어났다. 일어나지 않은 사람은 여자와 나뿐이었다.

"이왕 말씀드리는 거, 더 솔직하게……."

"아니요. 이 이상 솔직해지실 필요 없습니다. 저희 센터는……."

"가디, 부모 선택권은 누구한테 있죠?"

내가 말을 잘랐다. 최가 나를 바라보았다.

"제누, 잊은 모양인데 우리는 너를 보호할 의무가 있어."

"저는 지금 아무런 신변의 위협도 느끼지 않았어요. 불쾌감도 모욕도 느끼지 않았고요."

"아무래도 이번 만남은……."

"더 듣고 싶어요, 저분들의 이야기."

모두들 얼마나 훌륭한 부모 밑에서 성장했는지 자랑하기에 바빴다. 자신들도 뒤늦게나마 그런 부모가 되는 것이 꿈이라고 말했다. 가족이 없다는 건 불행한 일이니 우리가 따뜻한 가족이 되어 주겠다, 선심 쓰듯이 말했다. 자신이 부모에게 상처받았다는 말은 누구도 하지 않았다. 내 앞에 있는 이 두 사람을 제외하면 말이다.

"가디, 제발."

최가 긴 한숨을 내쉬었다.

"아이가 원하니 할 수 없군요. 죄송합니다. 앉으시죠."

최의 사과에 남자가 엉거주춤 자리에 앉았다. 여자도 흥분을 가라앉히려고 숨을 깊이 내쉬었다.

"하나는 자라면서 어머님과 마찰이 많았어. 나랑 결혼하는 것도 심하게 반대하셨고. 나는 아버지와 문제가 있었어. 이런 우리가 새로운 가족을 맞이한다는 건 어쩌면 말도 안 되는 일일지도 몰라. 하나는 전부터 NC 센터를 궁금해했어. 이곳의 아이들은 어떻게 생활하고, 어떤 가치관을 갖고 있는지. 하지만 누구도 자신이 NC 출신이라는 걸 입 밖에 내지 않아서 정보를 얻기가 쉽지 않았지. 그래서 직접 신청을 했어. 받아들여지리라는 생각은 꿈에도 없었는데 이렇게 너를 만났고, 2차 면접까지 하게 됐잖아. 경험하고 싶었어. 다 자란 아들과 산다는 건 뭘까. 그저 좋은 친구를 한 명 만드는 것 아닐까? 입양 후의 혜택에 관심이 없다면 물론 거짓말이야. 그렇지만 우리의 진심을 보여 주고 싶었어. 집에 가서 네 이야기를 정말 많이 했어. 네 얼굴도 그려 봤고. 대단한 건 아니야. 간단한 캐리커처지. 선물로 주고 싶은데, 3차 면접 후에나 가능하다고 해서 가지고 오지 않았어. 분위기를 보아 하니 오늘이 우리가 만나는 마지막 날이 될 것 같지만…….

남자가 아쉬운 듯 쓴웃음을 지었다. 그의 말대로 오늘이 두 사람을 보는 마지막이 될지도 몰랐다. 최의 말마따나 이들은 불안정하고 부족하니까.

"솔직한 말씀 감사합니다."

"우리는 사실 예행연습도 없이 나왔어. 많이 두서없었지?"

남자가 사과했다.

"……대부분 예행연습 없이 부모가 되잖아요."

나의 말에 남자가 놀란 눈으로 최를 곁눈질했다.

"저…… 2차 면접이니 악수 정도는 괜찮죠?"

남자의 질문에 최가 건조한 목소리로 말했다.

"허용됩니다."

최의 말이 끝나기가 무섭게 남자가 불쑥 손을 내밀었다.

"반가웠어. 너는 되게 어른스럽다. 어른인 우리보다 훨씬."

"어른이라고 다 어른스러울 필요 있나요."

이것 역시 책에서 읽은 내용인데, 모든 어른의 가슴속에는 자라지 못한 아이가 살고 있다고 했다. 여자의 가슴속에 발레를 끔찍하게 싫어하는 열 살 아이가 살고 있는 것처럼.

나는 기분 좋게 남자의 손을 잡았다. 손이 참 컸다. 그리고 따뜻했다.

"안녕히 가세요."

최는 이 괴짜 프리 포스터들을 한시라도 빨리 센터 밖으로 내쫓고 싶은 모양이었다. 두 사람이 최를 향해 고개 숙여 인사했다. 하나와 해오름, 두 사람의 모습이 서서히 문밖으로 사라져 갔다.

문이 닫히자 최가 풀썩 앉았다. 헬퍼가 들어와 테이블을 정리하는 내내 최는 깊은 생각에 잠겼다. 앞으로 어떻게 할 계획이니? 한마디 물을 법도 한데 조용했다. 헬퍼가 빈 잔을 들고 인터뷰룸을 벗어났다.

"가디."

반쯤 넋이 나간 최의 귀에는 내 목소리가 전혀 들리지 않는 모양이었다.

"가디?"

"어? 미안, 뭐라고 했지?"

"센터장님은 어디 계세요?"

센터장이라는 말에 최는 두통이 이는 듯 머리를 쓸어 넘겼다.

"개인적인 사정으로 하루 휴가를 냈어."

박이 휴가를? 주말에도 센터에 남아 있곤 하던 그가 도대체 무슨 일로? 더욱이 나의 2차 페인트가 있는 날에. 평소의 박이라면 절대 하지 않을 행동이었다. 박의 갑작스러운 휴가와 최 사이에 뭔가가 있는 것 같은데, 그게 무엇인지 감이 잡히질 않았다.

"무슨 일로……?"

"개인적인 일이야."

최는 다시금 생각에 잠긴 듯했다. 최가 말한 개인적인 사정이란 게 뭘까?

최가 나를 향해 힘없이 웃었다.

"미안, 내가 너무 넋을 놓고 있었지."

나는 어깨를 으쓱해 보였다.

"며칠 전에 정말 괜찮은 사람들이 우리 센터에 부모 면접을 신청했어. 아직 검토 중이고 절차가 남아 있지만, 박은 제누 너를 생각하고 있는 것 같아."

"저, 3차 면접 진행할 건데요?"

내 말이 끝나자마자 최가 인상을 찌푸렸다.

"직접 보고도 몰라? 너를 단순히 글쓰기 소재로 생각하는 사람들이야. 더군다나 감정 기복이 심하고, 불안정해 보이고."

"그래서 좋은 거예요."

"제누, 부모와 산다는 건 어려운 거야. 너처럼 영리하고 예민한 애는 더욱……."

"세상의 모든 부모는 불안정하고 불안한 존재들 아니에요? 그들도 부모 노릇이 처음이잖아요. 누군가에게 자신의 약점을 드러내는 건 그만큼 상대를 신뢰한다는 뜻 같아요. 많은 부모가 아이들에게 자기 약점을 감추고 치부를 드러내지 않죠. 그런 관계는 시간이 지날수록 신뢰가 무너져요."

문득 최의 눈동자가 불빛 아래에서 반짝거렸다.

"센터장의 말을 믿지 않았어."

최가 머리를 쓸어 넘겼다. 최의 시선이 노랗게 단풍이 진 나무우듬지에 닿았다.

"네가 3차 면접을 진행할지도 모른다는 예언 같은 말. 나는 그저 네가 반항심에서 저들과의 면접을 고집한다고 믿었어. 불만을 표출하는 너만의 방식이라고 여겼지. 웬만해서는 홀로그램만으로도 고개를 젓던 너니까. 그런데 박은, 제누 네가 어쩌면 우리가 보지 못한 뭔가를 그들에게서 발견한 건지도 모른다고 얘기했어. 설마 싶었는데, 그의 말이 사실이었구나."

박이 내 마음을 알아주었다니 고마운 일이었다. 우리는 양 떼가 아니기에, 양치기 개가 몰아가는 대로 우르르 움직일 수 없었다. 우리가 원하는 진짜 어른은 자신들이 보지 못하는 것을 우리가 볼 수 있다고 믿고, 자신들이 모르는 걸 우리가 알 수 있다고 믿으며, 자신들이 느끼지 못하는 것을 우리가 느낄 수 있다고 인정하는 사람이었다. 한마디로 이곳의 센터장인 박 같은 사람.

"그렇다고 저를 다 이해할 순 없을걸요. 저도 저를 잘 모르겠거든요."

"앞으로 더 이해하도록 노력할게."

최 역시 좋은 가디였다. 따뜻하고, 사려 깊고, 이해심이 많았다. 최에게는 남자아이들로 바글바글한 센터B가 힘들겠지만, 덕분에 우리는 좋은 가디 한 명을 가졌다. 원칙과 규율을 칼같이 지키는 것보다 힘든 것은 원칙을 어기지 않는 범위 내에서 자유를 허락하는 일이었다.

"감사합니다."

나는 최를 향해 고개를 숙였다.

너는 네가 생각하는 대로
사는 것 같지?

"형, 체육관 다녀왔어?"

아키의 질문에 나는 대답 대신 멀티워치를 들어 보였다. 이곳의 아이들에게는 좋은 인성만큼이나 중요한 것이 있었으니, 바로 건강한 몸이었다. 우리는 하루에 삼십 분씩 의무적으로 운동을 했다. 운동 시간과 운동의 종류, 칼로리 소모와 근육량까지 모든 것이 멀티워치에 입력되었고, 이 데이터는 고스란히 가디의 컴퓨터에 저장되었다. 만약 운동을 어기면 벌점이 쌓이고 벌점이 어느 정도를 넘으면 멀티워치를 압수당하고 리모스룸에서 자필 반성문을 쓰게 된다. 멀티워치를 압수당하느니 차라리 체육관에서 땀을 흘리는 게 백배 낫다는 것이 NC 아이들의 공통된 의견이었다. 하루 이틀 운동을 하다 보면 묘한 중독성이 생겨서 의외로 크게 불만을 내비치는 목소리는 들리지 않았다.

"아, 정말 매일 운동하는 거 싫다! 부모를 만나서 새 집에 가면 운동 안 해도 되겠지?"

물론 작은 불만의 소리들은 언제나 있었다. 나와 한 방을 쓰는 저 꼬맹이, 또는 VR룸에서 게임할 때를 제외하고는 움직이는 걸 극도로 싫어하는 노아 같은 녀석이 대표적이었다.

"여기서는 안 해도 되는 걸 양부모 집에서는 해야 하는 경우가 더 많지 않을까?"

그게 뭔데? 러닝 머신 위에 있던 아키가 내려와 눈을 깜빡거렸다. 이곳에서는 편했던 어떤 것이 밖에서는 불편함으로 다가올지도 모른다. 나는 살짝 미간을 찌푸렸다.

"아키, 주말이라고 그렇게까지 늦잠을 자면 어떡하니? 어서 빨리 일어나. 엄마가 그런 프로는 보면 안 된다고 했어, 안 했어? 빨리 끄지 못해? 너 요즘 멀티워치만 들여다보고 있잖아. 당분간 압수해야겠다. 아키! 성적이 지난번보다 떨어졌구나. 스페셜 클래스를 신청해야 하는 거 아니니? 아키, 그런 친구들과 어울리는 건 좋지 않아. 아키, 덥다고 그렇게 아이스크림을 많이 먹으면 몸에 안 좋아. 아키, 왜 아침을 안 먹겠다는 거니? 엄마가 너를 위해 특별히 완두콩 밥을 했는데 왜 콩만 쏙쏙 빼놓니?"

"어휴, 그만해 진짜."

얼굴을 확 찡그리는 아키를 보고 나는 장난을 멈췄다.

"형은 부모에 대한 부정적인 시선만 가득해."

"부정적인 시선이 아니라 명확한 시선이라고 해야지."

쳇! 콧방귀를 뀌는 녀석의 머리가 땀으로 흥건히 젖어 있었다.

"너, 윈드 보드는 몇 시간씩 타면서 고작 운동 삼십 분 하는 건 왜 그렇게 힘들어해? 윈드 보드 위에서 균형을 잡는 게 어렵겠냐, 아니면 러닝 머신 위에서 뛰는 게 더 어렵겠냐?"

"형, 어떻게 둘을 비교해? 윈드 보드는 재미있는 스포츠고, 러닝 머신은 지루한 운동이잖아."

"그건 네가 그렇게 생각하기 때문이지."

윈드 보드를 타러 갈 때면 녀석은 간식을 발견한 강아지처럼 좋아했다. 그러나 체육관으로 향하는 아키는 리모스룸에 끌려가듯 심드렁한 표정이었다.

"너는 네가 생각하는 대로 사는 것 같지?"

"그럼 내가 생각하는 대로 살지, 남이 생각하는 대로 사냐?"

너는 네가 생각하는 대로 사는 것 같지? 129

그래, 우리는 스스로 생각하고 판단하며 행동하는 인간이다. 그러나 인간이라고 꼭 타의나 강요가 아닌 자신의 의지대로만 행동할까?

"아키, 어쩌면 생각이 너를 조종하는 걸 수도 있어."

"그게 무슨 뜻이야?"

아키가 눈을 동그랗게 떴다.

"윈드 보드는 재미있고 체육관 운동은 지루하다. 이 단순한 문장이 뇌에 각인되면 운동 시간이 지겨워지지. 일단 그 생각이 뿌리내리면 너는 계속해서 운동을 싫어하겠지."

"아, 몰라. 형은 생각이 너무 많아."

"아예 없는 것보다 낫지."

"와! 정말 싫다. 한 마디도 안 져."

"지는 게 이기는 거란다, 꼬맹아."

아키가 혀를 내밀고 멀티워치를 풀어 책상에 올려놓았다. 또 짓궂게 굴었나? 페인트를 하고 온 아키가 부쩍 다른 사람처럼 느껴져서 나도 모르게 심술이 난 건지도 몰랐다.

"나 체육관에서 가디를 봤어. 땀을 뚝뚝 흘리면서 운동하던데."

"가디라면, 박? 체육관에는 웬일이지?"

우리에게는 늘 운동을 강조하지만 정작 리모스룸에서 자

필 반성문을 써야 할 사람은 박이었다. 밤늦게까지 일에 파묻혀 지내는 탓에 툭하면 코피를 쏟고, 맥없이 쓰러져 보건실 신세를 진 적도 있으니까. 그럴 때마다 담당 의사에게 적잖이 잔소리를 듣지만 언제나 그때뿐이었다. 입도 짧아서 식당에서는 늘 깨작거렸고, 가끔 보건실에서 위장 캡슐을 타 가는 걸 보면 보나마나 몸이 엉망인 것이다. 이제라도 체력 관리를 하나 싶었지만, 다행이라는 생각보다는 갑자기 왜 이제 와서? 의문이 앞섰다.

"이제 박도 하루 삼십 분 운동이 얼마나 힘든지 몸소 깨닫겠구나."

아키가 새 옷을 들고 쪼르르 방을 빠져나갔다. 내가 운동을 좋아하는 이유 중 하나는 머릿속의 잡념을 지울 수 있기 때문이었다. 한 시간 정도 정신없이 뛰고 나면 힘이 들어서 아무 생각도 나질 않았다. 박이 갑작스레 체육관에 나타난 건 어쩌면 나와 같은 목적에서가 아닐까? 자꾸 뭔가가 뇌리를 맴돈다거나 정신적으로 힘이 들어서 생각 자체를 막아 버리고 싶은 경우 말이다.

내 2차 페인트가 있던 날 박은 돌연 휴가를 냈다. 박과 가장 긴밀하게 지내는 최마저 이유를 모른다면 다른 가디 역시 알 리 없었다. 물론 내가 물어봤자 말해 주지 않을 것이

뻔했다. 문제가 있으면 혼자 고민하지 말고 언제든지 도움을 구하라면서, 정작 박은 아무에게도 속마음을 내비치지 않았다. 그의 가슴속에는 대체 어떤 아이가 살고 있을까.

바람이 불자 창밖의 나무들이 몸을 떨었다. 또 하루가 이렇게 지나가는구나. 이제 머지않아 나는 열여덟 살이 될 것이다. 시간은 대체로 더디게 흐르지만, 때로는 지나치게 빠르게 흐르는 것 같다.

"야, 너 블루베리 남은 것 있냐?"

점심시간, 식당을 나오면서 노아가 물었다.

"아직 십오 일밖에 안 지났는데, 너 설마……."

"됐다, 그만두자. 잔소리할 거면."

녀석이 귀찮다는 얼굴로 손을 휘휘 저었다.

"또 뭐가 필요한데?"

"형이 몸이 떨린다. 아무래도 단것 좀 먹어야 할 것 같아."

따라오라는 내 손짓에 노아가 발을 놀렸다.

센터의 학비를 포함한 모든 운영 자금과 생활 비용은 정부에서 지급되었다. 옷은 일 년에 두 번, 생활복 몇 종류와 교복, 체육복이 나왔다. 학비, 멀티워치에 들어가는 통신비, 식비까지 지원해 주었다. 그 밖에 VR룸에서 게임을 하거나

무인 카페에서 간식을 사 먹는 등의 개인적인 일에는 돈이 필요했다. 정확히는 포인트가 필요한 것이었는데, 이것 역시 정부 지원이었다.

포인트는 NC 센터에서만 사용할 수 있는 화폐 단위였다. 한 달에 한 번 각자의 멀티워치에 일정한 포인트가 지급되는데, 용돈 개념이었다.

이 단순한 포인트 시스템은 그러나 미취학 아이들에게는 설명하기가 쉽지 않았다. 숫자 개념이 확실하지 않아서 자신에게 얼마의 포인트가 있고, 카페에서 아이스크림 하나를 먹으면 얼마만큼의 포인트가 차감되는지 계산하기 어려워했다.

그래서 어린아이들에게는 이해하기 쉽게 블루베리 모양의 포인트를 지급했다. 사탕 하나를 사면 열 개의 블루베리 중에서 한 개가 차감되는 식이었다. 그 때문에 우리는 다 자란 지금도 곧잘 포인트를 블루베리라고 불렀다.

카페에 들어서자 노아가 냉장고에서 음료수를 꺼냈다. 슬쩍 내 눈치를 살피는 것이 어째 더 사고 싶은 모양이었다. 결국 내가 포기하듯 한숨을 쉬자 녀석이 냉큼 스낵을 집어 들었다.

카운터에서 리더기로 상품의 바코드를 찍고 멀티워치를

스캔했다. 삐, 소리와 함께 포인트가 차감되었다.

카페를 나오면서 나는 힐끗 노아를 보았다. 녀석의 멀티워치가 보이지 않았다. 자주 발각되어 벌점을 맞으면서도 수업 시간에 멀티워치로 곧잘 딴짓을 하는 녀석이었다.

"너, 멀티워치 어디 있어?"

내 말에 노아가 벌컥벌컥 음료수를 마셨다. 뭐야, 이 녀석. 또?

"너 리모스룸에 갔다 왔어?"

"참, 치사해서. 어차피 모을 수도 없는 포인트, 다음 달 되면 소멸되는데 음료수 좀 사 달라는 게 뭐 어때서."

"너 또 주노한테 포인트 쓰라고 했냐?"

주노는 녀석의 룸메이트였다. 열다섯 살로, 노아만큼이나 성격이 보통은 아니었다.

"싫으면 싫다고 하지, 형은 그게 문제라는 둥 경제관념이 없다는 둥 하도 잔소리를 해 대길래……."

"때렸어?"

"아니야, 살짝 밀쳤는데 넘어졌어. 하필 복도에서."

센터에는 방과 욕실을 제외한 모든 곳에 감시 카메라가 설치되어 있다. 생활관에서 폭력이 일어나면 복도 경고등이 울리면서 즉시 호출이 날아든다. 십 대 남자아이들이 모인 곳이었다. 가디들이 가장 큰 문제로 여기는 건 싸움과 폭력이었다.

"벌써 몇 번째야? 자꾸 문제 일으키면 면접권 박탈당해."

문제를 일으키면 일으키는 족족 벌점으로 기록되었다. 벌점이 어느 수위를 넘으면 부모 면접권 자체를 박탈당했다. 부모를 만나지 못한 아이들은 결국에 홀로 센터를 떠나야 했다.

"너 곧 열여덟이야. 어쩌려고 그래?"

"넌 뭐 아니냐? 아, 모르겠다. 다시 새로운 부모를 만나는 것도 어렵고. 그리고……."

그리고 또 뭐? 내가 눈으로 묻자 노아가 스낵을 뜯어 와삭와삭 씹었다.

"내가 아프리카에 사는 가젤 같다는 생각."

"무슨 뜻이야?"

녀석이 입가에 묻은 과자 부스러기를 혀로 핥으며 말을 이었다.

"최근에 동물 다큐를 봤어. 멸종 위기 동물인 가젤은 신기하게도 태어나자마자 걷고 뛰고 다 한대. 물론 어미의 보호를 받아야 하지만, 웬만한 건 혼자 다 할 수 있대. 인간도 그러면 어떨까? 태어나자마자 걷고 뛰고 말하고. 그런 상태로 부모를 만나면 엄청 웃길 것 같지 않냐?"

노아는 아마도 우리가 그 웃긴 짓을 하고 있다고 생각하는 모양이었다. 하긴 그렇게 생각하는 것도 무리는 아니지.

"나는 아프리카에서 태어난 가젤이다, 생각하려고. 태어나자마자 걷고 뛰고 말하는 상태에서 부모를 만난다."

"때리고는 왜 빼?"

"빼야지 그럼, 행동으로 옮길까?"

박은 꼭 노아에게 걸맞은 부모를 찾아 줄 것이다. 좀 욱하는 성격이 문제지만, 그 나름 생각이 깊은 녀석이다. 노아의 말처럼 우리는 모두 가젤이나 얼룩말, 기린인지도 몰랐다. 부모를 만남과 동시에 뛰고 걷고 말하고 생각할 수 있는 아이들. 그럼에도 오롯이 혼자만의 힘으로 살아가기 버거운, 누군가의 보호가 필요한 아이들. 만약 진짜 인간이 그렇게 태어날 수만 있다면 잠재의식 속에 남아 있는, 그러나 기억할 수 없는 어릴 적 상처나 아픔이 조금은 덜하지 않을까. 가젤이라……

"제누, 너 가젤이 여섯 종류나 있는 것 알아?"

그런데 이 녀석, 진짜 가젤이 되고 싶은가. 오늘따라 웬 가젤 타령인지 모르겠다. 또 무슨 얘기를 하고 싶은데? 하는 표정으로 바라보자 노아가 키득키득 웃었다.

"그중에 갑상선이란 이름의 가젤도 있다?"

"갑상선? 진짜로 가젤 이름이 갑상선이야?"

왜 아니겠냐는 듯 고개를 끄덕이던 노아가 말했다.

"어떤 대륙의 고원에 사는 가젤인데 역시 멸종 위기래. 갑상선 가젤, 웃기지 않냐?"

"목구멍 가젤보다는 낫다."

듣고 보니 참 황당하고 또 신기했다. 그런 이름으로 살아가는 생명도 있다니. 나는 실없이 키득거리다가 녀석의 어깨를 툭 쳤다.

"포인트 다 쓰고 필요하면 나한테 말해."

무빙워크로 걸어가던 나는 돌연 우뚝 멈췄다. 잠깐, 녀석이 리모스룸에서 반성문을 썼다는 건 박의 집무실을 한 번 더 훔쳐봤다는 뜻은 아닐까?

"왜 갑자기 서?"

여전히 스낵을 우물거리며 노아가 물었다.

"너 혹시 어제도 박의 집무실을……."

당연하지, 싶은 얼굴을 보니 또 박의 집무실을 엿본 모양이었다. 노아 같은 아이를 제외하고 리모스룸을 찾는 아이들은 흔치 않았다. 어려서부터 남에게 피해를 주면 안 된다는 사실을 숙지하고 자랐으니까. 그래서인지 거의 모든 센터의 리모스룸은 평범한 방에 불과했다. 이곳은 실적이 낮은 센터답게 본부의 지원이 가장 적었다. 체육관을 확장하는 대신 센터장 집무실을 줄이고 그 공간에 리모스룸을 만들 정도로 말이다.

"혹시, 이상한 기운은 없었어?"

녀석이 입술을 삐죽 내밀었다.

"평소처럼 책 보던데? 최와도 전처럼 으르렁거리지 않고."

"최? 최가 또 들어왔어?"

"보고하러 온 것 같던데?"

업무 보고는 당연한 일과겠지.

"그래……. 특이한 건 없었고?"

"뭐가?"

하긴, 두 사람 사이에 뭔가가 있었다면 노아의 성격상 벌써 나불나불 말하지 못해 안달이었을 것이다. 최는 단순히 업무 보고만 한 걸까?

"특이할 게 뭐 있겠냐. 어쨌든 최가 내일 다시 오겠다고 하더라."

"어제 몇 시에 간 거야?"

"6시쯤? 삼십 분 뒤에 박이 들어오고 몇 분 뒤에 최가 왔어. 그런데 최 말이야, 역시 박을 엄청 싫어하나 봐. 집무실에서 나가면서 그러더라고."

"뭐라고?"

"센터 일에 집중해 달래. 너무 많은 생각은 오히려 일에 방해가 된다나? 누가 최 아니랄까 봐. 대단해."

박의 갑작스러운 휴가를 나무라는 뜻이었을까? 내 2차 페인트가 있던 날이었으니까. 하지만 비록 그렇다 해도, 박도 사람이다. 피치 못할 사정이 생길 수도 있고 개인적으로 중요한 일이 있을 수도 있다. 고작 하루 휴가로 저런 얘기를 할 최가 아닌데. 저조한 실적을 이유로 본부에서 압력을 받을 때조차도 크게 고민하지 않던 박이었다. 그런 그가 센터 일에 집중하지 못할 만한 문제란 게 과연 뭘까?

"야, 뭘 그리 골똘히 생각해?"

아무리 생각해도 석연치 않았다. 설마 무슨 일이 생긴 것일까?

"안 가? 점심시간 끝났는데."

노아가 과자를 한입에 털어 넣고 휘적휘적 걸음을 옮겼다. 5교시를 알리는 시그널이 울렸고 나는 천천히 무빙워크에 올랐다.

창밖으로 눈을 돌리자 운동장을 가로지르는 두 사람이 보였다. 한 명은 센터장인 박, 다른 한 명은 센터 규율 담당 황이었다. 운동장 가득 어두운 그늘이 드리우고, 곧 비라도 내릴 듯 먹구름이 밀려들었다. 창틈으로 들어오는 싸늘한 바람 속에 짙은 초겨울의 냄새가 묻어 있었다. 초겨울에도 여전히 푸른 숲에 둘러싸인 곳. 바로 NC의 라스트 센터였다.

나를 위해서야,
나를 위해서

밤사이 비가 내렸다. 유리창에 톡톡 빗방울이 떨어졌다. 방이 눅눅해지자 센서에 푸른 불이 들어오면서 온도가 올라갔고 공기 정화 시스템이 가동되었다. 수업이 모두 끝난 후, 나는 방으로 돌아와 편한 생활복으로 갈아입었다. 아키가 멀티워치로 게임을 하며 흥얼흥얼 콧노래를 불렀다. 곧 2차 페인트를 앞두고 적잖이 기분이 좋은 모양이었다.

"형, 2차 페인트는 신체 접촉이 어디까지였더라?"

"악수."

내 심드렁한 반응에도 아키는 얼굴이 환해졌다.

"드디어 할머니 할아버지 손을 잡아 볼 수 있겠다. 따뜻할 거야."

"호칭은 할머니 할아버지로 부르기로 했어?"

아키가 절레절레 고개를 저었다.

"그렇진 않아. 그런데 나는 이상하게 할머니 할아버지가 좋아. 그렇게 부르면 서운해하시려나? 그분들도 꼭 손자랑 얘기하는 것 같다고 하셨는데."

갈아입은 옷에서 깨끗이 세탁한 냄새가 났다.

"그럼 괜찮을 거야."

그렇겠지, 싶은 표정으로 아키가 배시시 웃었다.

"형을 소개해 주고 싶어. 함께 사진이라도 찍고 싶은데 안 된다고 히디니."

완전한 부모 자식 관계가 되어 함께 센터를 떠나기 전까지는 양쪽 다 어떤 기록물도 남길 수 없었다. 음성 녹음이나 영상 촬영은 물론 사진 촬영 또한 금지였다. 그런 것들이 어떤 부작용을 불러올지 몰랐으니까.

"참, 형도 3차 페인트를 앞두고 있잖아. 형이 2차까지 간 것도 오랜만인 것 같은데."

글쎄, 그들이 좋은 사람인지는 아직 확신하기 어렵다. 다만 솔직하고 독특한 사람들인 것만은 분명했다. 마음에도 없는 말을 주저리주저리 늘어놓지 않는 것만으로도 다행이라 여겼다. 함께 더 이야기를 나눠 보고 싶은 생각이 간절할 정도로 마음에 들었다고 할까.

그 순간, 방과 복도 가득 황의 목소리가 쩌렁쩌렁 울려 퍼졌다.

"지금 즉시 모든 사람들은 강당으로 모이도록. 강당으로 모이도록……."

호출이었다. 화재 대피 훈련이나 다른 특별 행사가 아닌 이상 아이들 전부를 강당에 집합시키는 일은 드물었다. 더욱이 수업이 끝난 다저녁때에.

"형, 오늘 화재 대피 훈련 있었어?"

"아니, 비상벨이 안 울렸잖아. 공고도 없었고. 다른 이유일 거야."

"사전 공고 없이 갑자기 모이라고 한 적은 없는데."

"가 보면 알겠지."

나는 녀석의 머리를 부스스 헝클어뜨렸다. 어쩐지 예감이 좋지 않았다. '센터 일에 집중해 달래.' 노아의 목소리가 떠올랐다. 아키가 멀티워치를 끄고 문을 향해 돌아섰다.

강당에 하나둘 아이들이 모여들었다. 센터장인 박과 나머지 가디들이 단상에 서 있었다.

"뭔가 중대 발표를 할 모양인데."

아이들이 가디들을 보며 웅성거렸다. 왠지 모를 긴장감이 흐르고, 나는 고개를 들어 박의 창백한 얼굴을 바라보았다.

아이들이 모이자 박이 마이크를 잡았다. 그의 암갈색 눈동자가 아이들 하나하나를 차례로 스치고 지나갔다.

"쉬는 시간에 이렇게 모이라고 해서 미안합니다."

박의 목소리는 언제나처럼 낮고 차분했다.

"여러분의 휴식 시간을 길게 빼앗고 싶지 않습니다. 간단히 용건만 말하겠습니다."

박은 긴장한 아이들을 안심시키려는 듯 한차례 온화한 웃음을 지어 보였다.

"제가 당분간 센터를 떠나게 되었습니다. 그리 길지는 않을 겁니다."

단상에 서 있던 가디들도 놀라는 것을 보니, 우리와 마찬가지로 몰랐던 모양이었다. 굳어 버린 최의 얼굴이 보였다.

"어디 가시는데요?"

누군가의 질문에 박이 대답했다.

"개인적인 일입니다. 센터장인 제가 없어도, 이곳에는 훌륭한 가디들이 계시니 이분들을 따라 지금처럼 열심히 생활해 주시기 바랍니다. 자리를 비우는 점, 센터의 장으로서 재차 사과 말씀 드립니다."

박이 아이들을 향해 고개를 숙였다. 처음 있는 일이었다. 주말에도 센터 밖으로는 단 한 발짝도 나가지 않던 그였다. 더욱이 며칠 후면 아키와 나의 2, 3차 페인트도 진행될 예정이었다. 다른 많은 아이들도 페인트를 앞둔 상황이었고, 외부 생활관에서 예비 부모와 시범 합숙을 하는 아이들도 있었다. 이런 때에 자리를 비우다니.

"박이 웬일이야. 너도 페인트 앞두고 있지?"

"나도 첫 페인트 잡혔는데."

"무슨 일로 갑자기 센터를 비우지?"

"실적 때문에 재교육을 받으러 가는 거 아냐?"

"교육받은 지 얼마나 됐다고 또 받아? 그리고 말했잖아, 개인적인 일이라고."

"혹시, 결혼하는 거 아니야?"

"야, 주말에도 센터를 안 떠나던 사람이 누구를 만날 기회나 있었겠냐?"

아이들이 우렁우렁 목소리를 높였다. 박이 단상을 내려오자 뒤이어 황이 마이크를 잡았다.

"지금까지 센터를 위해 쉼 없이 달려오신 분입니다. 몸과 마음 모두 많이 지쳐 계십니다. 센터장님이 돌아오실 때까지 여러분도 각자의 부모 면접 스케줄과 학업에 차질 없도

록 노력해 주시기 바랍니다. 이제 모두 생활관으로 돌아가
세요."

아이들이 하나둘 돌아섰다. 아무리 생각해도 꺼림칙했다.

"형, 안 가?"

아키가 소매를 잡아끌었다. 나는 단상에 서 있는 최를 보았
다. 최는 무표정했다. 혼자만의 생각에 골똘히 빠져 있었다.

"빨리 가자고."

나는 아키의 손에 이끌려 강당을 벗어났다.

"어디 멀리 여행을 가나? 해외에 나가는 거 아니야? 와,
가디는 좋겠다. 여태까지 휴가를 한 번도 안 갔으니까 길게
떠날 수 있겠지? 휴가 포인트를 꼬박꼬박 모아 놨나 보다."

"포인트?"

내 질문에 아키가 고개를 끄덕였다.

"맞잖아. 역시 꼼꼼한 센터장답게 포인트를 모아 놓았다
가 한 번에⋯⋯."

듣고 보니 그랬다. 휴가를 적립할 수 있다면 지금쯤 엄청
난 포인트가 쌓여 있겠지? 그걸로 홀가분하게 센터를 떠나
시겠다.

나는 튀어 오르듯 자리에서 일어났다.

"형, 어디 가? 조금 뒤면 저녁 먹을 시간인데."

그래, 곧 저녁 시간이다. 하지만 저녁보다 훨씬 더 중요한 일이 있었다. 위잉 소리와 함께 문이 열렸다. 나는 황급히 뛰었다.

긴 복도에서 빠져나오자 풀을 쫓아 이동하는 초식 동물 떼처럼 아이들이 꼬리에 꼬리를 물고 움직이고 있었다. 혹시 너무 늦었을까 걱정했는데, 멀리 노아의 모습이 보였다. 나는 한달음에 달려가 탁, 녀석의 어깨를 쳤다. 화들짝 놀란 노아가 빠르게 몸을 돌려세웠다. 정말이지 기가 막힌 포즈였다. 우리 둘의 머리 위로 감시 카메라가 깜빡거렸다.

"뭐야, 너?"

"너, 블루베리 다 썼지?"

당연한 것 아니냐는 듯 녀석이 나를 위아래로 훑었다.

"나는 많이 남았거든. 전부 너 줄게."

"정말?"

노아가 놀란 표정으로 눈을 동그랗게 떴다.

"우린 친구지?"

녀석이 다시 나를 위아래로 훑었다. 왜 이런 표정을 짓는지 알 만했다. 미안하지만, 지금으로서는 이런 짓밖에는 할 수 없었다.

"미안해, 정말. 나 좀 이해해 줘. 시간이 얼마 없어서."

나는 머리 위 감시 카메라를 쳐다보았다.

"뭘 이해하라는 거야?"

"이 악물어."

"뭐?"

"이 악물라고, 자식아!"

나는 주먹으로 녀석의 얼굴을 때렸다. 우당탕 소리를 내며 노아가 넘겨졌고, 복도 가득 위잉 소리와 함께 붉은 경고등이 깜빡거렸다.

"제누 301, 제누 301. 폭력 금지 조항 위반, 폭력 금지 조항 위반. 지금 즉시 센터로 오도록……."

멀티워치가 정확히 6시를 가리키고 있었다. 노아가 널브러진 채 끙 소리를 내뱉었다.

"아……. 야, 너 뭐야, 새끼야!"

"미안."

나는 서둘러 무빙워크를 향해 뛰었다.

"가만히 있는 노아를 왜 때린 거냐?"

"리모스룸이 센터 건물로 이전됐다고 해서 견학차 왔습니다."

"지금 나랑 장난하는 거냐?"

황이 팔짱을 낀 채 나를 매섭게 노려보았다. 나는 황이 눈치채지 못하게 선반 위에 놓인 박스들을 힐끗거렸다. 저것들 어딘가에……

"멀티워치 반납."

황의 명령에 나는 멀티워치를 풀었다.

"왜 노아를 때렸는지 정확한 이유를 작성하도록."

황이 책상 위에 볼펜과 종이 한 장을 내려놓은 뒤 저녁 식사를 하러 나갔다. 문이 닫혔다. 벽에 걸린 시계가 6시 15분을 가리켰다.

나는 텅 빈 백지를 내려다보았다. 노아가 최와 박의 논쟁을 들었던 시각은 오후 6시 30분. 앞으로 십오 분이 남았다. 그 순간, 지잉 하고 희미하게 문 열리는 소리가 들렸다. 뚜벅뚜벅 발소리도 들렸다. 나는 서둘러 선반 위 박스들을 뒤졌다. 그리고 곧 찾을 수 있었다, 박스 하나에 든 리모컨을.

보안 버튼을 눌렀다. 특수 합금으로 된 문의 한가운데가 스르르 투명하게 변했고 집무실에 앉아 있는 박의 모습이 나타났다. 박을 보자 가슴 한구석이 따끔거렸다. 하면 안 되는 짓을 하고 있다고, 양심이 소리를 지르고 있었다. 그럼에도 나는 시스템 도어 기능이 꺼질 때마다 계속 보안 버튼을 눌렀다.

책상에 앉아 있던 박이 자리에서 일어나 창문을 내다보았다. 초조하고 불안한 기색이었다. 휴가를 떠나는 사람의 얼굴이 아니었다.

그때 낮은 멜로디가 울렸고 박의 멀티워치에 불이 들어왔다. 허공에 불쑥 최의 홀로그램이 나타났다.

"오늘은 보고를 받지 않겠습니다."

최가 말을 꺼내기도 전에 박이 말하고는 순식간에 홀로그램을 껐다. 박이 꿀꺽 침을 삼켰다. 이렇게 되면 일이 틀어지는데! 최가 와야만 했다. 그리고 박에게 물어야 했다. 최가 없다면 내가 여기에 온 의미도 없었다. 이제 어떻게 해야 할까? 혹시 황은 알고 있지 않을까? 그에게 물어야 할까? 입이 무겁기로는 황도 만만치 않았다. 만약 안다고 해도 말해 줄 리 없었다. 이대로 박을 보내야 하는 걸까? 휴가철일수록 박은 센터에 남아 아이들을 챙겼다. 박은 아이들에게 든든한 아버지 같은 존재였다. 아이들의 말에 귀 기울이고, 마음이 열릴 때까지 기다려 주고, 주춤거리는 아이에게 먼저 다가가는 사람이었다. 나는 박이 떠날까 봐 두려웠다. 영영, 돌아오지 않을까 봐…….

그때, 지잉 소리와 함께 집무실 문이 열렸다. 아니나 다를까, 허락 없이 안으로 들어온 사람은 최였다.

박은 예상하고 있었다는 듯 최에게 돌아섰다.

"오늘 보고 안 듣는다고 했을 텐데요."

"보고 드린다고 말한 적 없습니다. 제 얘기를 듣기도 전에 화면을 끄셨잖아요."

최는 금방이라도 소리를 지를 기세였다.

"따로 하실 말씀은 없는 것으로 압니다. 돌아가 주세요."

"이 중요한 시기에 센터장이 자리를 비우신다는데, 따로 할 말이 없다고요?"

"황에게 위임했습니다. 물론 다른 가디도 계시고……."

"선배."

선배? 선배라니, NC에서 그런 호칭은 통용되지 않았다. 그럼 두 사람은 센터에서 처음 만난 것이 아니란 뜻일까. 최를 보는 박의 얼굴에 당황한 기색이 역력했다.

"이곳은 센터입니다. 경어를 쓰세요."

모든 가디들은 서로 존댓말을 썼다. 센터장을 제외하면 특별한 직급도 직함도 없었다. 센터장인 박 역시 직원 누구도 하대한 적 없었다. 최가 힐끗 손목에 찬 멀티워치를 보고는 갑자기 뜻 모를 웃음을 터뜨렸다.

"퇴근 삼십 분 남았네. 내일 삼십 분 먼저 출근할 테니, 오늘은 조기 퇴근 하지 뭐. 자, 이제 나 부하 직원 아니지?"

"가디."

"부하 직원 아닙니다. 정 듣기 싫으면 선배도 반말하든가."

빙긋 웃는 최를 향해 박은 어이가 없다는 듯 고개를 저었다. 평소에도 곧잘 센터장인 박을 놀리곤 하던 최였다.

"그래, 무슨 말이 하고 싶은데?"

박의 떨리는 목소리가 물에 풀어진 잉크처럼 퍼졌다. 그는 더 이상 냉철한 센터장이 아니었다.

"이제야 말이 좀 통하겠네."

긴 한숨을 내쉬는 걸 보니 최도 긴장했던 모양이었다.

"나, 학교 졸업하자마자 가디어 시험에 응시했어. 선배의 영향이 없었다면 거짓말이겠지. 나는 아이들 곁에서 힘이 되어 주는 좋은 가디가 되고 싶었어. 열심히 공부했고, 최종 시험에서 최고점을 받았지. 왜 그랬을 것 같아?"

아! 두 사람은 대학에서 만났구나. 말투나 눈빛을 보니 최와 박은 내가 상상했던 것 이상으로 서로에 대해 잘 아는 것 같았다. 다른 가디들은 어려워하는 센터장을 유독 최만이 자주 놀리고 다그쳤다. 다소 짓궂다 싶던 최의 언행이 어떻게 가능했는지 비로소 알 것 같았다.

"최종 시험에서 최고점을 받은 사람 오직 한 명만이 원하는 근무지를 선택할 수 있잖아. 내가 퍼스트나 세컨드 센터G로 갈 확률은 거의 백 퍼센트였지. 나 정말 열심히 했어. 일등이 아니면 안 됐으니까. 마침내 이곳, 라스트 센터를 지원했어. 그것도 실적이 낮기로 유명한 최악의 센터에 말이야. 그런데 최종 시험에서 최고점을 받고 이곳에 자원한 사람은 여태까지 두 사람밖에 없다네? 나, 그리고 선배."

어떻게 최가 이곳, 센터B에 올 수 있었나 싶었는데 드디어 의문이 풀렸다.

"내가 왜 왔을 것 같아, 최악의 센터라고 소문난 이곳에?"

최가 다부진 표정으로 박을 보았다.

"가장 어려운 아이들 곁에 있고 싶었어. 부모를 만난다는 게, 십 년 넘게 센터 생활만 해 온 아이들이 부모를 만난다는 게 마냥 신나고 좋기만 한 일이 아니잖아. 실적이 낮다는 건 부모 만나기를 불안해하는 아이들이 많다는 뜻이지. 그만큼 더 사랑해 줘야 하는 아이들이 많다는 뜻이고."

잠시 숨을 고른 최가 다시 입을 열었다.

"어디에 다녀오려는 거야?"

최의 말에 박이 잠시 말을 멈췄다.

"해외에 다녀올까 해. NC 센터와 같은 기능을 하는 곳들을 찾아보려고. 세부 일정은 짜지 못했지만 지금부터 준비를……."

"선배."

평소답지 않은 박의 말을 최가 잘랐다. 내가 느끼기에도 박은 무언가에 쫓기는 것처럼 불안하고 초조해 보였다. 최가 반걸음 더 가까이 박을 향해 다가갔다.

"정말 가고 싶은 곳은 거기가 아니잖아."

"……."

"마지막으로 만나 뵙고 싶은 거 아니야?"

"그게 무슨 소리지?"

내가 묻고 싶은 말이었다. 박은 무슨 마음을 먹고 있는 걸까? 나와 아키가 늘 궁금해했던 무언가가 서서히 수면 위로 올라오고 있었다. 그때 시스템 도어 기능이 꺼졌고, 나는 다시 리모컨으로 보안 버튼을 눌렀다.

"선배가 더 잘 알잖아."

"아니, 몰라."

박의 얼굴은 고통으로 일그러지고 있었다.

"선배, 내가 왜 선배를 따라 가디 시험을 봤는지 알아?"

"……."

"술만 마시면 손에 잡히는 대로 집어 던지고, 깨진 유리 조각으로 일곱 살에 불과한 어린 아들을 위협한 폭군. 술이 깨기가 무섭게 자신이 저지른 일에 몸서리치면서 무릎을 꿇지만, 언제나 그때뿐이어서 밤이 되면 또 술독에 빠지는 사람. 제대로 먹지도 자지도 못해 앙상하게 뼈만 남은 어린 아들에게 온갖 원망과 푸념을 퍼부었던 병든 사람, 선배 아버지…… 그런 환경에서 어린 선배가 얼마나 고통스러웠을까를 생각하고 또 생각했어. 내 손으로 다독여 주고 싶었어."

나는 두 손으로 입을 막았다. 머리가 멍했다. 박은 누구보다 원리 원칙을 중요시하는 부모 밑에서 성장했을 것이라고 생각했다. 모범적이고 화목한 가정에서 생활했으리라 믿었다. 자신을 희생하면서까지 아이들을 위해 최선을 다하는 박에게서 불우하고 끔찍한 어린 시절은 상상할 수 없었다.

그런데 문득, 바로 그 이유 때문에 그가 이곳에 왔다는 생각이 들었다. 누구보다 아이들에게 최고의 부모를 소개해 주고자 애쓰고, 단 한 명의 아이도 아프지 않기를 바라는 그의 마음속에는, 채 자라지 못한 아이의 상처를 감싸 안아 보려는 안간힘이 있었다…….

가슴을 때리는 충격으로 멍해진 순간, 마침 시스템 도어 기능이 꺼졌다. 나는 이제 리모컨을 누를 수 없었다. 더 이상 두 눈으로 박과 최를 볼 수가 없었다. 가만히 앉아, 문 너머에서 들려오는 말소리에 겨우 귀 기울일 수밖에 없었다.

"그래, 어디라도 좋으니 다녀와. 그렇게 해서 선배 마음이 편해질 수 있다면. 그 고통을 잊을 수만 있다면."

"……그래, 무서웠다."

박이 떨리는 목소리로 중얼거리듯이 말했다.

"발소리만 들려도, 술 냄새만 풍겨도, 무서워서 숨이 막혔어. 아버지는 내게 거인이었고, 괴물이었고, 악마였어."

"……."

"그런 괴물이 지금 늙고 병들어 뼈만 남은 미라가 되어 있더라."

박은 그 늙고 병든, 빈껍데기만 남은 아버지를 만나고 온 것이었다, 나의 2차 페인트 날에.

"의사가 그랬어, 한 달을 넘기기 어렵다고."

박이 바람 소리 같은 웃음을 흘리며 말했다.

"그 말을 듣는데 기분이 이상하더라. 그렇게 아버지가 죽기를 바랐는데, 어서 세상에서 사라지기를 기도했는데, 그런데 왜 웃음이 나오지 않지?"

박은 스스로에게 묻고 있는 것 같았다.

"가. 가서 곁에 있어 드려."

"내가 왜?"

박이 서늘한 목소리로 되물었다.

"그러고 싶잖아."

"싫어. 나는 지쳤어. 무엇보다……."

"용서하라는 거 아니야."

용서? 용서를 할 수 있을까? 아니, 해야만 하는 걸까? 아버지라는 이유로, 늙고 병들었다는 핑계로, 임종을 앞두고 있다는 것을 빌미로…… 그토록 학대했던 아버지를 용서할 수 있을까? 대체 왜, 누구를 위해서?

"그 사람을 위해서가 아니야. 알잖아, 선배."

최의 목소리에 물기가 묻어 있었다.

"선배를 위해서야."

그러고서 최는 잠시 말을 잇지 못했다. 지금 최 앞에 있는 사람은 센터장도, 가디도 아니었다. 술에 취해 주먹을 휘두르는 아버지가 무서워 벽장 속에 숨은 작은 아이였다. 꿀꺽, 목을 할퀴며 넘어가는 마른침에 나는 나도 모르게 입술을 꽉 깨물었다. 최가 다시 입을 열었다.

"선배, 더 이상 도망가지 않아도 돼. 이제 누구도 선배에게 함부로 대할 수 없어. 세상 그 누구도 선배를 아프게 할 수 없어."

짧은 침묵 뒤, 박이 말했다.

"도망가지 않아."

"……."

"용서한다는 것도 아니야."

"그래."

박의 목소리가 작게 떨렸다. 아마도 그는 습관처럼 주먹을 꽉 움켜쥐고 있을 것이다.

"하지만 마지막으로 하나는 보여 주고 싶어."

"……."

"나는 당신과 다르다는 사실을."

눈에 보이지 않지만, 최는 고개를 세차게 끄덕이고 있을 것 같았다.

"그 사람을 위해서가 아니야."

"……."

"나를 위해서야, 나를 위해서……."

두 사람은 더 이상 아무 말도 하지 않았다. 정지 버튼을 누른 것처럼 세상이 멈춰 버린 것 같았다. 짧은 순간 머릿속에 많은 것들이 스치고 지나갔다. 생물학적 부모가 누군지 모를 뿐, 나는 상처받은 어린 시절도 없다. 나는 감히 박의 아픔을 가늠할 수 없다. 그런데도 박이 겪은 고통스러운 순간들이 느껴지는 것만 같았다. 무엇보다 부끄러웠다. 박과 최, 아키와 노아 앞에서 잘난 척하면서 떠들곤 했던 나 자신이…….

'세상 어떤 부모도 미리 완벽하게 준비할 수는 없잖아요.'

'부모를 결정하는 선택권은 전적으로 우리에게 달려 있다. 아닌가요?'

쿵쾅거리던 심장이 차차 가라앉았다. 가슴속으로 서늘한 바람 한 줄기가 지나갔다. 사람들이 NC 센터를 오해하듯이 나도 나만의 틀 속에 세상을 가둬 놓고 그게 전부라고 믿었다. 그 너머를 상상하지 않으려 했다. 지금까지 나는 그런 시선으로 무엇이든 멋대로 평가해 온 것이다.

텅 빈 백지 같은 벽을 보자, 하얗게 펼쳐진 설원이 떠올랐다. 멍한 눈으로 바다를 보던 박에게는 과연 무엇이 보였을까. 아이들을 넓은 품으로 안아 주는 바다였을까, 아니면 외로운 섬의 귀퉁이를 갉아먹는 사나운 파도였을까.

어째서 박이 센터를 찾아오는 프리 포스터들에게 그토록 엄한 잣대를 들이댔는지, 비로소 알 것 같았다. 두 번 다시 자신과 같은 아이를 만들고 싶지 않아서였을 거다. 부모에게 상처받고 학대받은 기억은 평생을 따라다닐 테니까. 그것은 어쩌면 NC 출신이라는 꼬리표보다 더욱 감당하기 힘든 것일지도 모른다.

박은 강한 사람이었다. 이토록 올곧은 어른이 된 것만 봐

도 알 수 있었다. 그런 것이 쉬운 일이 아니란 것 정도는 알
수 있었다. 마음이 강철처럼 단단하지 않으면 어려울 것이
다. 그러니, 우리의 센터장은 분명 밝은 얼굴로 돌아올 것이
다. 자신이 있어야 할 자리가 어디인지 정확히 알고 있는 사
람이니까. 세상 누구보다 강한 사람이니까 말이다.

나는 볼펜으로 한 줄 한 줄 반성문을 써 내려 갔다. 아키,
노아의 얼굴을 떠올리면서. 손으로 글씨를 쓰는 건 오랜만
이었다. 말 못 한 이야기들이 모래처럼 쏟아졌다.

그 소문 들었어?

　박이 떠난 뒤 어느덧 일주일이 지났다. 센터는 전과 다름없이 바쁘게 흘러갔다. 많은 프리 포스터들이 센터를 방문했고, 아이들은 페인트를 준비했다. 자신의 삶을 전혀 다른 색으로 물들여 줄 누군가를 찾기 위해서, 가정이라는 울타리를 멋지게 색칠하기 위해서……. 나는 때때로 센터 건물을 바라보았다. 박은 아버지에게 무슨 이야기를 했을까. 박의 아버지는 용서를 빌었을까. 박의 여행은 지금도 계속되고 있었다.

　최는 박의 부재를 메우려는 듯 전보다 몇 배 더 일에 매달렸다. 주말에도 센터에 남아서 아이들을 보살피고 관리했다. 시간이 지날수록 더욱더 얼굴에 감정을 드러내지 않았다. 왠지 모르게 박을 닮아 가는 것 같았다.

2차 페인트도 무사히 마친 아키는 곧 있을 3차 페인트를 기다리고 있었다.

"예상대로 두 분의 손은 따뜻했어. 할머니는 염색을 하셨어. 첫 페인트 때는 있는 그대로를 보여 주기 위해 그냥 왔는데, 이제 나한테 조금이라도 젊어 보이고 싶으시대. 할아버지는 벌써 윈드 보드를 배우러 다닌다고 하셨어. 주위 친구들이 그 나이에 무슨 윈드 보드냐고 했지만 신경 안 쓰신대. 조심히 타셔야 한다고 말씀드렸어. 보호 장비를 착용하니까 괜찮으시대. 참, 할머니가 소개서에 적힌 음식 말고 또 좋아하는 음식이 있냐고 물어보시더라. 두 분 모두 전보다 몇 배는 더 바빠지셨는데, 그게 좋대."

쫑알쫑알 자랑하던 아키가 힐끗 내 눈치를 봤다.

"미안, 내가 너무 내 자랑만 했지?"

녀석은 또 쓸데없는 걱정을 했다.

"야, 생각만 해도 부담 된다. 나는 누가 나한테 그렇게까지 신경 쓰면 답답할 것 같은데."

내가 부르르 몸을 떨자 금세 아키의 눈망울이 반짝반짝 빛났다.

"아니, 그게 왜 부담이야? 나를 위해 주려는 건 좋은 거지. 형은 진짜로 부모에 대한 부정적인 생각으로 꽉 차 있어."

"너는 환상으로 꽉 차 있고?"

"환상이라니! 사실을 말한 건데."

다행이었다. 아키의 말이 모두 환상이 아닌 사실이어서. 두 사람이 얼마나 아키를 좋아하는지 느낄 수 있었다. 누군 가를 알아 간다는 건 그만큼 시간과 노력을 투자하는 일이 었다. 어쩌면 그거야말로 부모와 자녀 사이에 가장 필요한 것인지도 몰랐다.

"그런데 형은 왜 아무 말도 안 해? 그분들, 마음에 드는 건 맞아? 얘기 좀 해 봐."

아키의 말처럼 나 역시 3차 페인트를 앞두고 있었다. 그 두 사람은 한동안 바빠서 찾아오지 못했고 그 대신 홀로그 램 영상 몇 편을 보내 왔다. 그들은 여전히 언어 선택에 신 중을 기하지 못했고 스스럼없이 자신들의 생각을 말했다.

"만약 우리가 제누 너와 가족이 된다 해도 아무도 네가 우리 아들이라는 사실을 믿지 않을 거야. 우리 두 사람 사이 에서 나올 법한 얼굴이 아니거든. 너는 뭐랄까, 조금 고급스 럽게 생겼달까?"

"너, 말 되게 웃기게 한다. 제누가 고급스러운 얼굴이면 너랑 나는 싸구려 얼굴이냐?"

그날 내가 마시던 커피를 뿜지 않기 위해 얼마나 노력했는지 두 사람은 모를 것이다. 포기했다는 듯 묵묵히 앉아 있는 최의 표정 역시 웃기긴 마찬가지였다. 어쨌든 3차 페인트 때는 가디 없이 프리 포스터들과 이야기를 나눌 수 있게 되어 있다. 거의 최종 단계였다. 나는 그들을 가족으로 맞이할지 거부할지 선택해야 하는 기로에 놓여 있었다. 하나와 해오름, 이들과 함께 센터를 떠나면 나에게는 새로운 이름과 학교가 생기고, NC 출신이라는 낙인이 사라질 것이다. 여건이 된다면 대학도 갈 수 있을 것이다.

"좋아서 하는 거 맞지? 아무래도 나보다 형이 먼저 센터에서 나갈 것 같아."

과연 그럴까? 확신할 수 없었다.

"참, 그 소문 들었어?"

"무슨 소문?"

침대에 누워서 발을 구르던 녀석이 벌떡 상체를 일으켰다.

"어떤 센터에서 한 아이에게 페인트를 준비시켰대. 그런데 프리 포스터들의 홀로그램을 보여 주지 않더래. 사전 정보도 가르쳐 주지 않고, 무조건 만나라고 했대. 좀 이상했지만 가디가 꼭 만나 봐야 한다고 강조하니까 일단 면접을 보러 갔는데, 그 애가 인터뷰룸에 들어서자마자 프리 포스터들이 소리 내서 우는 거야."

"설마?"

"와, 형 눈치 빠르다."

아키가 김이 샜다는 듯 다시 침대에 풀썩 누웠다. 한 번도 상상하지 못했다, 생부 생모가 아이를 찾아 센터를 방문했을 줄은…….

"되게 이상할 것 같지 않아?"

아키가 둥근 눈으로 천장을 뚫어지게 바라보았다.

"나를 버린 사람들이 다시 찾아오면 말이야."

생각만으로도 머리가 쭈뼛 곤두섰다. 우리는 국가의 아이들이었다. 새 부모를 만나기까지 우리를 양육하고 교육시키고 보살펴 주는 주체는 늘 국가였다. 어딘가에 생물학적 부모가 살고 있겠지만, 그건 마치 공룡과도 비슷한 것이었다. 지구상에서 살아 숨 쉬던 생물이지만 지금은 완벽하게 자취를 감춘 멸종 동물 같은 느낌.

"그래서 걔는 어떤 선택을 했대?"

"무슨 선택?"

"생부 생모를 따라간 거야?"

"형은 똑똑한 것 같다가도 가끔 바보 같아. 그럼, 당연하지. 생부 생모가 있는데 NC에 있겠어? 곧바로 퇴소했대."

"뭐야, 페인트도 안 하고? 한 달간 합숙 생활도 없이? 아이 본인의 의견도 안 들어 보고 내보낸 건 아니겠지?"

"친자 확인 끝. 다시 찾아가려는 마음. 뭐가 더 필요해?"

"십사 년 넘게 모르고 지내 온 사람을 하루아침에 따라간다고? 친해질 시간도 없고 서로 잘 알지도 못하는데, 유전자가 같다는 이유 하나만으로 엄마 아빠라고?"

"나도 몰라. 어쩌겠어?"

아무리 생부 생모라지만, 십사 년 넘게 떨어져 산 사람들과 어느 날 한집에서 살아야 한다니. 그건 마치 멀티워치도, 내비게이션도 없이 낯선 도시에서 길을 찾는 것과 같지 않을까?

"만약 형이라면 어떻게 하겠어?"

"나는 절대 안 따라가."

"형 마음대로 되는 게 아닐걸."

부모는 낳아 주었다는 이유로 모든 선택권을 갖는다. 아이를 직접 키울지, 아니면 NC에 맡길지. 반대로 우리는 아니다.

'나를 위해서야. 나를 위해서……'

박이 한 말은 무슨 의미였을까. 세상에서 없어지기를 바랐던 아버지가 죽어 가는데, 왜 그리 힘들어할까. 학대한 아버지도 아버지라는 뜻일까? 유전자를 물려받았다는 이유 하나로?

"나, 할아버지 할머니한테 형 얘기도 했어. 까칠하고 심술궂고 아주 못된 형이라고 했지."

"그래, 어떻게 알았냐?"

녀석이 혀를 삐죽 내밀었다.

"사실 그분들도 형을 보면 좋아하실 거야."

아키는 아끼는 것을 자랑하고 싶어 하는 녀석이었다. 내심 아키에게 고마웠다. 아키가 그들을 아끼는 만큼 그들도 아키를 소중하게 대해 주었으면 좋겠다고 생각했다. 아키가 휘파람을 불면서 다시 발을 굴렀다. 무엇을 저리 골똘히 생각하는지 둥근 눈이 오랫동안 천장을 뚫어지게 보았다.

인터뷰룸에는 네 명 이상이 들어갈 수 없다. 페인트를 시작하는 아이와 프리 포스터들, 그리고 가디 한 명이 다였다. 물론 나는 두 명의 가디와 면접을 본 적이 있지만 그날은 특별한 경우였다.

"들어와."

나는 멀뚱히 아키와 노부부를 바라보았다. 아키의 페인

트 날에 왜 나까지 인터뷰룸에 있어야 하는 건지, 원.

"이리 와서 앉아."

최가 의자를 가리켰다. 인터뷰룸으로 오라는 호출을 받고 의아했다. 아키의 3차 페인트가 진행 중일 때였다. 왜 나를 부른 것일까? 나는 재차 물었지만 최는 '지금 바로 와.' 하고 말할 뿐이었다.

나는 한달음에 달려갔다. 인터뷰룸에 있는 사람은 아키와 녀석의 부모가 될 두 분이었다. 두 분은 나를 향해 부드러운 미소를 보냈다.

"형, 빨리 와 앉아. 내가 특별히 가디한테 부탁한 거야. 이건 형이랑 나랑 여기 계신 분들만의 비밀이야. 절대 말하면 안 돼."

나는 꾸벅 고개를 숙인 후 엉거주춤 자리에 앉았다.

"우리 아키가 말한 대로 참 잘생긴 형이네요. 공부도 잘하고 책도 많이 읽는다면서요. 아키의 공부도 도와주고, 친동생처럼 아껴 줬다고 얼마나 자랑을 하던지."

'우리 아키'라는 말에 녀석이 뿌듯한 얼굴로 웃었다.

"아키가 두 분 얘기를 많이 했어요. 이렇게 만나 뵙게 되니…… 아키가 자랑할 만한 것 같아요. 아키는 착하고 밝은 아이예요. 함께 생활하면서 좋은 힘을 얻었어요."

누군가 그랬다. 나이가 들수록 얼굴에 인품이 드러난다고. 눈가에 잡힌 선명한 주름은 두 사람이 지금껏 얼마나 자주 미소를 지었는지 알려 주었다. 불거져 나온 손마디는 성실함을, 낡아 보이지만 깨끗하고 단정한 옷차림은 소박함을 증명했다. '우리 아키'라는 말 한마디에 담긴 따뜻함은, 이미 두 분에게 아키가 친손자와 다름없다는 뜻 같았다.

"작은 사업장을 하나 가지고 있어요. 직원 중에 NC 출신들이 있죠. 다른 사람들에게는 말하지 않았어요. 괜한 편견을 갖게 할까 봐. 그들에게서 이곳에 관한 이야기를 들었어요. 덕분에 이렇게 사랑스러운 아이를 만나게 됐네요."

할아버지가 나직하게 웃었다.

"아키에게 좋은 형이 있어서 다행입니다. 아키의 말로는 제누 군도 부모 면접을 진행하고 있다고 하던데, 어떤 분들인지는 알 수 없지만 잘생기고 똑똑한 제누 군을 아껴 주실 거예요."

"감사합니다."

나는 한 번 더 꾸벅 고개를 숙였다.

"그래요. 좋은 부모님과 함께, 멀지 않은 시일에 센터 밖에서 만나요."

인터뷰룸에서 나오자 최가 뒤따라 나왔다.

"두 가지를 어기셨어요."

내가 최에게 말했다.

"인터뷰룸에는 면접자와 프리 포스터, 가디 외에 제삼자를 들이지 않는다."

최가 팔짱을 낀 채 계속해 보라는 듯 웃었다.

"인터뷰룸에 아이와 프리 포스터만 남겨 놓지 않는다."

"그래, 나 오늘 다 어겼어."

"박이 돌아오면 이를 거예요."

박이라는 말에 최는 힘없이 미소 지었다.

"고생했어. 돌아가 봐."

"센터장님요……."

돌아서던 최가 다시 시선을 돌려 나를 보았다.

"잘 지내고 계시겠죠?"

"……."

최가 대답 대신 고개를 끄덕였다.

"돌아오시겠죠?"

"그럼, 머지않아."

박이었다면 아키가 부탁했대도 오늘 같은 일은 허락하지 않았을 것이다. 혹시라도 어떤 혼란스러운 상황이 벌어질지 모르니까. 박을 떠올리니 어쩐지 가슴 한구석이 무거워졌다. 박의 휴가는 언제쯤 끝나려나. 나는 가만히 인터뷰룸의 닫힌 문을 보다가, 무빙워크로 걸음을 옮겼다.

기다릴게, 친구

가을이 지나가고 센터에 완연한 겨울이 찾아들었다. 담장을 둘러싼 숲은 사계절 내내 푸르렀지만, 운동장에 심어놓은 나무들은 모두 헐벗었다. 걸음을 옮기자 발밑에서 마른 잎이 부서지는 소리가 들려왔다.

"정말 미안해, 중요한 면접인데 혼자 와서."

하나가 머쓱한 표정으로 머리를 긁적거렸다. 나는 웃으며 고개를 저었다. 홀로그램 영상을 주고받던 우리는 조금 더 가까워졌고, 나는 어느새 이 프리 포스터들을 이름으로 부르고 있었다. 해오름은 유행성 독감에 걸렸다고 했다. 체온에 이상이 있으면 센터 출입이 금지되었다. 외부인들로 인한 전염병의 위험을 대비해 센터는 위생 관리에 철저했다. 독감에 걸린 해오름은 완치 판정을 받을 때까지 방문 불가였다. 페인트 날짜를 미뤄야 한다는 최의 말에, 나는 하나와 단둘이 만나겠다고 말했다. 고맙게도 하나는 내 부탁을 흔쾌히 들어주었다.

오늘은 가디 없이 프리 포스터하고만 대화하는 날이었다. 그동안 가디의 눈치를 보느라 하지 못한 이야기를 마음껏 할 수 있었다. 하나와 나란히 걷고 있으니 어쩐지 어색한 기분이 들었다. 나는 하나의 왼쪽에서 걸었다. 하나가 왼쪽 어깨에 멘 가방을 오른쪽으로 바꿔 멨다. 바람이 차가웠지만 기분은 상쾌했다.

"그동안 어떻게 지내셨어요?"

내 질문에 하나의 얼굴에 기분 좋은 미소가 퍼졌다.

"막상 글을 쓰려고 하니 생각처럼 쉽지가 않네. 그래도 전보다 훨씬 다양한 생각들을 할 수 있게 된 것 같아. 아무리 글쓰기와 책 읽기를 좋아한다고 하지만 직업으로 삼으니 스트레스가 이만저만이 아니었거든. 나만의 개인 통신망에다가 부담 없이 연재를 하고 있었는데, 며칠 전에 한 에디터에게서 연락이 왔어. 출판물로 정식 출간해 보지 않겠느냐고."

"정말요? 축하드려요."

"기쁘다기보다 좀 무서워."

"분명 잘하실 거예요."

나는 지금까지 하나가 어떤 삶을 살아왔는지 잘 알지 못했다. 함께 나눈 몇 마디 말로 상상할 뿐이었다. 만약 하나가 쓴 이야기를 읽게 된다면 하나를 더 이해할 수 있을까.

"참, 이름 생각해 봤어?"

이름요? 하는 얼굴로 나는 하나를 보았다.

"센터에서 나갈 때 새 이름 지어야 하잖아."

"음......."

NC의 아이들은 부모를 만나기 전에 미리 이름을 만들어 놓기도 하고, 틈틈이 독특하고 예쁜 이름들을 찾아보는 아이도 있었다. 한글 이름을 고집하는 아이가 있는가 하면, 뜻이 좋은 한자를 찾아보는 녀석도 있다. 센터를 나가는 즉시 제누, 아키, 노아, 준 같은 원래의 이름은 사라졌다. 물론 이름 뒤에 따라붙는 숫자도 지워졌다. 마치 엄마 뱃속에서 처음 태어난 아기와 같이, 탯줄이 잘리고 스스로 호흡하는 신생아처럼 새 이름을 갖고 새로운 세상을 향해 한 걸음을 내딛는 것이다.

"부러운걸?"

"뭐가요?"

하나가 저 멀리 홀로그램 숲을 바라보았다.

"자기 이름을 직접 지을 수 있다는 거 말이야. 개명 같은 거랑은 다른 느낌이야."

"……."

"하나라는 이름, 별로 마음에 들지 않았어. 어릴 적에는 유치하게 놀림도 당했지. 체육 시간에 선생님이 하나, 둘, 하나, 둘, 구령을 붙이면 아이들이 날 보면서 키득거렸어."

이름 따위 크게 신경 써 본 적 없었다. NC 센터에 들어온 달이 각자의 이름이 되었으니까. 생각해 보니 센터 바깥의 사람들도 별반 다르지 않을 것 같았다. 좋든 싫든 부모가 이름을 정해 주고, 대부분 한번 정해진 이름으로 평생을 살아가니까. 주인의 의견은 하나도 반영되지 않은 그 이름으로 말이다.

"첫 면접 때 말씀하셨죠?"

무얼? 하는 얼굴로 하나가 나를 보았다.

"면접을 준비하면서 엄마가 떠올랐다고. 우리 엄마를 면접 보면 어떤 느낌일까, 그런 생각을 했다고. 이유를 여쭤봐도 돼요?"

하나가 쓸쓸한 얼굴로 하얗게 언 땅을 내려다보았다. 감

추고 싶었다면 애초에 말을 꺼내지 않았을 것이다. 그래서
물어보았다, 왜 그때 그런 말을 했는지.

"엄마는 언제나 내 곁에 있었어. 내 팔다리와 같은 존재
였지. 내가 아홉 살 때까지 나를 안아서 욕실에 데려다줄 정
도였으니까. 실은 어릴 때 내가 병치레가 심했거든. 그래서
늘 나를 지나치게 걱정했고, 몸에 좋다는 것들은 죄다 해 주
려고 했어. 발레도 그래서 시킨 거야. 몸의 균형을 잡고 올
바른 자세를 만들어 주고 싶었던 거지. 내 몸과 두뇌와 정
서에 도움이 된다고 생각되는 것들이라면 무엇이든 엄마는
결국 손에 넣었어."

자식의 손발과 같은 어머니란 과연 어떤 존재일까? 하나
의 어머니는 그야말로 딸을 위해 최선을 다하는 분이었다.
하지만 정작 하나는 메말라 보였다.

"엄마는 나에게 최고의 교육을 시키려 했어. 사실 나는
그런 엄마와 아무 문제 없이 지냈어. 어떻게 문제가 있을 수
있겠어? 내가 뭔가를 생각하고 요구하기도 전에 이미 뭘 해
야 할지, 뭘 배워야 할지, 어떻게 입고 나가서 어떻게 발표
를 해야 할지 다 짜여 있었는데. 엄마의 미래가 곧 나의 미
래였지."

나는 하나가 무슨 말을 하려는지 조금은 알 것 같았다. 어

머니는 하나의 몸에 여러 개의 줄을 매달아 놓았던 것이다. 마치 마리오네트 인형처럼.

"물론 나는 그 모든 게 엄마의 사랑이라고 여겼어. 부슬비라도 내리는 날이면 직접 차를 몰고 학교까지 데려다주는 사람이었으니까. 그런 나를 아이들은 부러워했어. 하지만 머지않아 알게 되었지. 엄마의 사랑의 본질이 무엇인지 말이야."

나는 '본질'이라는 말이 낯설게 느껴졌다. 사랑 자체가 바로 핵심이자 본질이 아닌가. 딸을 위하는 엄마의 사랑 속에 다른 이유나 원인이 있다는 게 이해하기 어려웠다.

"본질요?"

내 물음에 하나가 쿡 웃었다.

"우리 엄마는 가정 형편이 넉넉지 않은 집안에서 자랐거든. 그래서 하고 싶었던 것도 하지 못했고, 가지고 싶었던 것도 갖지 못했지. 엄마가 어린 나에게 예쁜 프릴 원피스를 입히고 반짝이는 에나멜 구두를 신긴 건, 나를 공주처럼 키우고 싶어서가 아니야."

하나는 은근히 냉정한 목소리로 말했다.

"나를 통해서 대리 만족을 하고 싶었을 뿐이지."

그러고서 하나의 얼굴에 숨길 수 없이 차오른 것은 놀랍

게도 연민이었다. 나는 대꾸 없이 하나와 나란히 보폭을 맞췄다. 차가운 겨울바람이 얼굴을 스쳤다. 나는 느낄 수 있었다. 하나가 엄마를 원망하는 것 이상으로 엄마의 삶을 아프게 여긴다는 사실을.

자신이 갖지 못한 것, 이루지 못한 꿈을 자식을 통해 이루려는 사람들이 있다는 걸 알고 있다. 그러나 그런 것은 어디까지나 그들의 꿈이고 목표다. 아무리 하나의 어머니가 최고의 환경과 최고의 교육을 동경했다고 해도 그건 어디까지나 그 어머니의 꿈에 지나지 않았다. 하나는 어머니와 전혀 다른 인격체였고, 전혀 다른 꿈을 가진 한 명의 사람이었다. 생각에 잠겨 있던 하나가 피식 웃음을 흘렸다.

"학년이 바뀌고 사춘기를 겪으면서, 나는 스스로에게 묻기 시작했어. 너, 정말 엄마를 따라 공연을 보러 다니고, 엄마가 등록한 아카데미에서 스페셜 클래스를 듣고, 엄마와 함께하는 운동이 좋은 거야? 하고. 혼자 책을 읽거나 조용히 공상을 하는 게 더 좋은 건 아니야? 그렇게 말이야."

언젠가부터 등 뒤에 길게 드리운 어머니라는 그림자에 하나는 숨이 막혔다. 어머니가 입버릇처럼 내뱉는 '너를 위해서'라는 그 말이, 그녀를 무겁게 짓누르기 시작한 것이다.

"엄마는 내가 외교관이 되기를 바랐어. 자신이 쉽게 가

볼 수 없었던 세계의 수많은 나라들을 내가 자유롭게 오가기를 바랐지. 그제야 나는 엄마가 왜 그렇게 어릴 적부터 이런저런 외국어 공부를 시키지 못해 안달이었는지 깨달았어. 나는 엄마의 꿈을 이룰 대리인이었던 거야."

어쩌면 지금도 많은 아이들이, 자신의 꿈이 아닌 부모 꿈의 대리인으로 살아가는지도 몰랐다. 아니, 자신이 대리인이라는 것조차 모르고 있을 수도…….

문득 일전에 하나가 했던 이야기가 떠올랐다.

'결국 내가 나를 이룬다고 믿는 것들은 사실 내가 모르는 사이에 만들어진 것들이잖아. ……그럼 기억이 형성되기 전의 나는 어떻게 키워졌을까?'

온전한 자기 자신을 찾는다는 건, 그게 누구든, 오랜 시간이 필요할 것이다. 내가 나를 이루는 요소라고 믿는 것들이 정작 외부에서 온 것일 수도 있으니까. 나 역시 다르지 않았다. 내가 나를 이룬다고 믿는 많은 것들은 어쩌면 센터라는 특별한 시스템 속에서 형성된 것인지도 몰랐다. 낯선 사람과 친구가 되기까지 적잖은 시간이 걸리듯, 내가 나를 알고 친해지기까지, 그렇게 스스로를 이해하기까지는 제법 오랜 시간과 노력이 필요할 것이다.

"엄마와 나를 분리하기까지 많은 시간이 필요했어. 엄마는 그런 나를 보면서 심한 배신감을 느꼈지. 당신은 나를 위해 모든 삶을 희생하고 언제나 최선을 다했는데, 나는 더 이상 엄마 따위는 필요 없다는 식으로 생각하고 있다는 거였어. 그럴수록 나는 엄마가 아닌 내 삶을 향해 나아갔고, 어느새 독립할 나이가 되었어. 지극히 자연스러운 변화라고 여겼어. 그런데, 그때 한 가지 중요한 사실을 깨닫게 됐어."

"뭔데요?"

"내가 엄마에게서 정신적으로나 경제적으로 독립이 필요했듯이……."

"……."

"엄마 역시 나로부터 독립이 필요했다는 걸 말이야."

독립이란 성인이 된 자녀가 부모를 떠나 자기 힘으로 살아가는 것이라고 생각했다. 그러나 하나의 말처럼, 어쩌면 부모 역시 자녀로부터 독립할 필요가 있는 건지도 몰랐다. 자녀가 오롯이 자신의 모습으로 살아가는 걸 부모에 대한 배신이 아닌 기쁨으로 여기는 것, 자녀로부터의 진정한 부모 독립 말이다.

다시 걸음을 옮겼다. 하나는 나와 거리를 유지하면서 나란히 걸었다. 가족이란 그저 먼발치에서 바라보는 사람들인지도 몰랐다. '먼발치'라는 말의 뜻은 시야에는 들어오지만 서로 대화하기는 어려울 정도로 떨어진 거리,라고 한다. 그게 부모와 자식 간의 마음속 거리가 아닐까. 서로를 바라보지만 대화는 할 수 없는 거리 말이다. 하나의 말을 듣고 보니 나는 그녀의 어머니도 이해할 수 있을 것 같았다. 그 때문에 안타까웠다. 딸이 외교관이 되어 세계 곳곳에서 활약하는 여성이 되기를 바랐을 것이다. 그러나 외교관이 되는 것보다 중요한 것은 딸의 행복 아니었을까. 다소 똑바르지 못한 자세로 지내도, 외국어를 좀 못하더라도, 하나 자신이 행복하다면 그것으로 충분하다고 믿었어야 하지 않을까.

"과학 시간에 마찰에 대해 배운 적이 있어요. 마찰은 서로 접촉하는 물질들 사이에 작용하는 힘인데, 언제나 운동 방향과 반대 방향으로만 생겨난대요."

"미안, 나 그쪽은 약해."

하나가 항복하듯 두 손을 들었다.

"사람의 마음과 마음 사이에도 분명 마찰이 있을 거예요."

너무 가까우면 부딪치는 가족처럼 말이다.

"마찰의 원리를 알고 있는 사람이라면 가급적 적게 부딪치겠지?"

"이론과 현실은 엄연히 다를 텐데요?"

나와 하나가 동시에 웃었다. 바람이 불어와 우리 둘의 머

리를 헝클어뜨렸다. 하나의 미소는 편안해 보였고, 자신의
글을 쓰려고 마음먹은 삶 또한 당당하게 보였다.

"저처럼 다 큰 아이와 사는 건 쉽지 않을 거예요."

"그래, 맞아. 쉽지 않을 거야."

하나가 어깨를 으쓱하고는 주머니에 손을 찔러 넣었다.

"해오름과 얘기해 봤어. 우리처럼 미숙한 사람들이 너에
게 좋은 부모가 될 수 있을까? 솔직히 자신 없어. 큰 실망감
을 안겨 줄 거야."

"저에게 실망할 수도 있죠."

그렇겠지, 싶은 표정으로 하나가 웃었다.

"부모가 무엇일까 생각해 봤어. 너처럼 성숙한 열일곱 살
남자아이의 부모 말이야. 그리고 해오름과 나는 생각했어."

"……."

"우리가 꼭 부모가 되어야 할까? 그냥 친구가 되면 안 될
까? 십 대들에게는 부모보다 친구가 더 소중하잖아. 부모에
게 할 수 없는 말을 친구에게는 하잖아."

하나가 이야기를 이어 나갔다.

"나와 가장 친하다고 할 수 있는 친구들은 모두 고등학
교 때 만난 애들이야. 우리는 작은 일에도 곧잘 흥분하는 십
대였고 별일 아닌 것에도 웃고 떠드는 아이들이었지. 지금

은 표정만 봐도 얘가 또 무슨 일이 있구나, 단번에 알아차리지만 친해지기 전까지의 그 서먹함은 잊을 수가 없어. 시간이 지나 서로의 이름을 알게 되고 함께 어울려 다니면서 친해졌지. 물론 다툼도 있었어. 실망도 했고, 절교까지 생각한 적도 있었지. 하지만 결국 세상에서 서로를 가장 잘 아는 친구들이 되었어."

하나가 나를 향해 몸을 돌렸다.

"한 가족이 된 것을 기뻐할 때도 있을 테고, 후회할 때도 있을 거야. 너도 마찬가지겠지. 하지만 시간이 지나면 달라질 거야. 얼굴 표정, 목소리만으로 서로에게 무슨 문제가 생겼는지 알 정도로 가까워지겠지. 그렇게 되기까지 제법 많은 시간이 필요할 거야. 내가 친구들과 그랬듯이. 해오름과 부부가 되었을 때 또 그랬듯이."

"두 분 모두 저를 원하세요?"

하나는 망설임 없이 고개를 끄덕였다. 어디선가 새소리가 났다.

"아니라면 지금 여기에 있지 않겠지? 제누, 넌 어때? 이 면접이 끝나면 우리와 합숙 생활을 해 보고 싶니?"

3차 페인트를 거쳐 합숙까지 마치면, 나는 정말로 센터를 벗어나 하나와 해오름이 사는 집으로 가게 된다. 물론 내 ID

카드에서 NC 출신 기록은 삭제될 것이다. 그러나…….

"죄송하지만, 면접은 오늘로 끝입니다. 합숙은 하지 않을 거예요."

하나가 적잖이 놀란 눈으로 나를 보았다. 내가 합숙 생활을 거부해서 놀랐는지, 가디를 통하지 않고 직접 통보해서 놀랐는지 알 수 없었다. 하지만 나는 마지막 인사만큼은 직접 내 목소리로 전하고 싶었다. 어쩌면 그러기 위해 이 자리에 나온 건지도 몰랐다.

하나가 쓸쓸하게 미소 지었다.

"그래, 너처럼 똑똑한 아이가 우리를 부모로 믿고 살 수 없겠지……."

"아니요, 두 분은 지금까지 제가 면접을 통해 만나 본 어떤 분들보다도 이상적인 부모였어요. 그냥 드리는 말씀은 아니에요. 가디를 통해서 전하면 아무래도 제 진심이 담기지 않을 것 같아서, 이 얘기는 꼭 직접 말씀드리고 싶었어요."

그런데 왜, 싶은 표정으로 하나가 말을 재촉했다.

"저는 아직 이곳을 떠나고 싶지 않아요. 이곳에서 더 배우고 생활하고 싶어요. 미리 말씀드리지 못해서 죄송합니다. 하지만 제가 계속 면접을 이어 나간 이유는, 진심으로 두 분의 이야기를 듣고 싶어서였어요. 장난이나 변심은 아니라고요."

나는 하나를 향해 정중하게 고개를 숙였다.

"사실, 면접에 임하는 동안 여러 생각을 했어. 최종 면접이 끝나지도 않았는데 벌써 우리가 고쳐야 할 부분, 안 좋은 버릇 같은 걸 따져 보기도 했지. 아이를 낳아야 할지 말아야 할지 고민했던 것과는 또 다른 문제였어. 우리에게도 공부와 반성의 시간이 된 것 같아. 오히려 우리가 너에게 고마워해야 할 것 같은데?"

하나가 한쪽 눈을 찡긋해 보였다. 내 예상대로 하나는 모든 것을 이해해 주었다. 가디들의 걱정과 달리 이들은 미숙하지 않았다. 불안하지도, 준비가 덜 되지도 않았다. 하나와 해오름, 두 사람과 만남을 이어 오는 동안 나는 피부로 느꼈다. 작다면 작고 크다면 큰 '가족'이라는 사회가 얼마나 복잡하고 어렵게 형성되는지 말이다.

"혹시나 싶었는데, 가져오길 잘했다."

하나가 가방에서 주섬주섬 무언가를 꺼냈다.

"이번에는 선물 줄 수 있는 것, 맞지?"

나는 하나의 손에 들려 있는 액자를 보았다. 환하게 웃고 있는 내 얼굴이 보였다. 해오름이 그린 것이었다.

"집을 나서는데 해오름이 꼭 전해 주라고 했거든. 그리고 이런 말 해도 될지 모르겠는데…….”

하나가 쑥스러운 얼굴로 잠시 주위를 살피더니 귓속말로
속삭였다.

“액자를 열면 그림 뒷장에 우리들의 번호와 집 주소가 적
혀 있어. 해오름이 적었어.”

부모 선택이 결렬되면 아이와 프리 포스터 사이에는 그
어떤 연락처도 교환할 수 없었다. 멀티워치 번호는 물론이
고 주소나 메일 등을 알려 주는 것 모두 철저히 금지되었다.

“센터를 졸업하게 되면, 정말로 찾아가도 돼요?”

“그럼. 우린 진짜 친구가 되는 거야.”

하나가 개구쟁이처럼 활짝 웃으며 덧붙였다.

“부모보다 훨씬 가까운!”

나는 해오름이 그려 준 내 얼굴을 꽉 안았다. 작은 액자
속에서 온기가 느껴지는 것 같았다.

잠깐 산책했을 뿐이라고 생각했는데 두 시간이 훌쩍 지
나 있었다. 시간이 빨리 갔다는 건 그만큼 만남이 좋았다는
뜻이었다. 우리를 바라보는 최의 표정이 미묘했다. 걱정 반,
기대 반이 섞인 얼굴이랄까.

“산책은 즐거우셨나요?”

“네.”

하나가 나를 보며 한쪽 눈을 찡긋했다.

"제누 301은?"

"저도요."

나도 하나를 향해 입꼬리를 씩 올렸다.

"그럼."

최가 다가왔다. 헤어질 시간이 되었다는 뜻이었다. 하나와 나는 서로 마주 보았다.

"다음 일정은, 곧 알려 드리겠습니다."

하나가 고개를 끄덕였다.

"안녕히 가세요."

최의 인사에도 하나는 그대로 선 채 나를 다정한 눈으로 바라보았다. 오래 기억해 두겠다는 듯한 눈빛이었다. 최가 큼큼 목을 가다듬자 정신을 차리고는 그제야 나에게 물었다.

"음……, 한번 안아 봐도 되겠니?"

나는 손에 쥔 액자를 내려놓았다. 하나가 나를 꽉 안아 주었다. 쿵쾅거리는 심장 소리가 전해졌다.

"기다릴게, 친구."

하나의 말에 나는 고개를 끄덕였다. 지금까지 나를 안아 준 프리 포스터는 단 한 명도 없었다. 포옹이 가능한 단계까지 페인트를 이어 온 적이 없었으니까. 하나는 나와 단둘이 산책을 하고, 포옹을 해 준 유일한 어른이었다. 아니, 친구였다.

하나는 아쉬운 표정으로 한 번 더 눈인사를 하고 센터를 떠났다. 최가 고개를 갸웃거리면서 나를 보았다.

"너, 그런 모습 처음 봐."

"제가 어떤데요?"

"그렇게 활짝 웃는 모습. 프리 포스터를 향해서 그 정도로 마음을 연 것은 처음 아니야?"

나는 테이블에 놓인 그림을 물끄러미 보았다. 이걸 그리기 위해 해오름은 꽤 시간을 들였겠지. 재능은 얼마나 잘하는가에 달려 있는 게 아닌 것 같았다. 절대 멈추지 않는 것, 그게 재능 같았다. 싸우고 다투고 매일같이 상처를 입어도, 그럼에도 불구하고 헤어지지 않는 가족처럼 말이다. 아니, 그건 가족이라는 울타리를 넘어서는 무엇 아닐까.

최는 멀티워치로 합숙소 정보를 찾아보는 것 같았다.

"지금 프리 포스터와 합숙을 하는 아이들은 열 명이야. 너는 언제쯤 들어가고 싶……."

"안 해요, 합숙."

최가 화들짝 놀란 얼굴로 나를 보았다.

"뭐라고? 내가 잘못 들었니? 활짝 웃으면서 들어온 걸 내 눈으로 똑똑히 봤는데?"

"청력도 시력도 지극히 정상이세요."

"산책하면서 이상한 얘기라도 들은 거야?"

"아뇨, 산책은 완벽했어요. 말했잖아요, 아무 일도 없었다고."

"그럼 뭐가 문제인데?"

"문제없어요. 좋은 분들이에요. 아쉽게도 다른 한 분은 못 뵈었지만."

최는 머리가 지끈거리는지 인상을 찌푸렸다.

"네 눈에는 내가 그렇게 한가해 보이니?"

최는 박이 떠난 뒤 하루 스물네 시간을 분 단위로 쪼개어 쓸 만큼 바쁘게 지냈다. 아이들의 보디 체크 스케줄도 잡아야 했고, 프리 포스터들의 서류도 검토해야 했으며, 페인트 날짜를 협의하고 아이들의 홀로그램 제작도 맡겨야 했다. 비단 최만 바쁜 게 아니었다. 모든 가디들이 바빴다. 상황이 이렇다 보니 농담으로라도 가디들의 심기를 건드려서는 안 된다는 건 알고 있었다.

"……여기까지 할게요."

최의 얼굴에 도무지 해결이 안 되는 물음표가 떠올라 있었다.

"내가 알고 있는 제누 301은 절대 마음에 없는 말은 하지 않지. 또 보자는 프리 포스터의 인사치레에 빈말로라도 네, 하고 대답하지 않는 게 바로 너야. 나는 똑똑히 들었어. 기다릴게, 친구. 그리고 너는 고개를 끄덕였지. 그건 뭐였니?"

"거짓말은 아니었어요."

"그럼?"

최가 눈썹을 치켜올렸다.

"혹시 모르잖아요, 우리가 먼 훗날에 진짜 친구가 될지. 부모보다 훨씬 가까운 친구요. 안 그래요?"

"제누 301."

"네."

최가 긴 한숨을 쉬었다.

"나는 너에 대해 많은 걸 알아. 네가 언제 이 센터에 왔는지, 너의 키와 몸무게가 몇인지, 심지어 골밀도까지도 알아. 주말에는 주로 무얼 하고, 누구와 가까이 지내는지도. 원한다면 지금껏 읽은 책 목록도 볼 수 있지. 그런데……"

설마 내 잠꼬대 내용까지 아는 건 아니겠지? 와, 상상만으로도 섬뜩했다.

"사실은 너에 대해 아는 것이 아무것도 없었구나."

"……저도 저를 모르는걸요."

나도 내 자신이 낯설게 느껴졌다.

"네가 나에게 시간을 더 주는구나."

문득 최가 미소를 지으며 말했다.

"너를 더 알아 갈 수 있는 시간."

"저도 마찬가지예요."

나는 목례를 하고 액자를 품에 안았다. 이것으로 페인트
는 끝났다. 다시금 액자에서 온기가 느껴지는 것 같았다. 나
를 안아 준 하나의 따뜻한 품처럼 말이다.

Parents' Children

"대체 뭐야, 결국 가디들을 놀린 거 아니야? 3차 페인트
까지 이어 왔잖아! 이제 와서 끝이라고? 그럼 저건 왜 받아
왔어? 말해 봐!"

아키가 벽에 걸린 그림을 보며 시끄럽게 목소리를 높였
다. 그림을 벽에 걸자 방의 분위기가 달라진 것 같았다. 살
짝 열어 본 액자 뒷면에는 정말로 두 사람의 연락처가 적혀
있었다. 누구도 모르는 비밀이었다.

"아키, 천천히 얘기해."

"그 사람들, 뭐 실수했어? 이상한 것 물어보고 그랬어?"

아키는 답답한 듯 끊임없이 물었다.

"답은 이미 가디한테 했어. 그만해, 피곤하니까."

"그분들, 연락받으면 황당하겠다. 최종 면접에서 형이 뺑차 버린 거잖아."

"아니야, 두 사람 모두……."

나는 말을 하려다가 그만두기로 했다. 아키는 잔뜩 토라진 얼굴로 벽에 걸린 그림을 힐끗거렸다.

"쳇, 하나도 안 닮았어."

처음으로 프리 포스터에게서 받은 선물이었다. 나를 친구로 맞이하겠다는 소중한 약속이 담긴 증표. 아키는 뭐가 불만인지 쉬지 않고 툴툴거렸다.

"형이 이렇게 해맑게 웃어? 고슴도치같이 생겼으면서."

"너, 고슴도치 가시에 한번 찔려 볼래?"

나는 벌떡 일어나 아키에게 다가갔다. 녀석이 콧방귀를 뀌었다.

"때리려고? 폭력죄로 신고하지, 뭐."

"아! 그래, 말 한번 잘했네. 신고하려면 우선 맞아야겠지?"

"형이 까칠한 건 사실이잖아!"

아키는 확실히 몇 달 사이에 고집이 세졌다. 이제 곧 센터를 떠나 낯선 환경, 낯선 사람들과 생활하게 될 테니 잘된 일이었다. 녀석을 예뻐하는 가디들도, 곁에서 이런저런 잔소리를 늘어놓는 나도 없는 곳. 아키에게는 다시 새로운 시작이었다.

나는 장난스럽게 녀석의 머리를 헝클어뜨렸다.

"너, 왜 나한테 거짓말해?"

녀석이 눈을 치켜뜨고 입을 삐죽거렸다.

"내가 언제 형한테 거짓말했어?"

"네 부모님 될 분들 말이야. 좋은 분들이라며?"

부모라는 말에 아키가 눈을 동그랗게 떴다.

"갑자기 왜? 뭐, 뭐 들은 거 있어? 나는 가디에게 아무 말도 못 들었는데!"

말까지 더듬는 것을 보니 제법 놀란 모양이었다. 하긴, 왜 안 그럴까. 지금 녀석의 관심사는 온통 부모가 될 두 분일 테니까.

"네가 아주 좋은 분들이라고 했잖아."

아키가 침을 꿀꺽 삼켰다.

"아주 좋은 분들이 아니던데?"

"……."

"아주 엄청, 되게, 많이 좋은 분들이잖아."

"아, 형 진짜 싫다!"

아키는 화가 난 듯 내 팔을 픽픽 때렸다. 주먹도 훨씬 맵고 단단해져 있었다.

"너, 폭력죄로 신고한다!"

"놀랐잖아! 심장이 철렁했단 말이야."

"아키."

녀석이 뾰로통한 얼굴로 나를 보았다.

"이 세상에 처음부터 끝까지 좋기만 한 사람은 없어. 그분들이 너한테 항상 밝고 예쁜 모습만 요구한다면, 너 그럴 수 있어?"

아키가 말없이 고개를 저었다.

"네가 할 수 없는 걸 그분들에게 강요하지 마. 나랑 아웅다웅하는 것처럼 그분들과도 마음 안 맞는 일이 분명히 생길 거야. 그분들에게서 좋은 면만 찾지 마. 너도 좋은 면만 보여 주려고 하지 말고. 그러지 않으면 그게 너와 그분들 모두를 힘들게 할 테니까."

"알아, 가디도 그렇게 말했어."

일 년 내내 맑은 날만을 기대할 수는 없을 것이다. 구름과 비바람이 없다면 살아남을 식물이 있을까. 이 세상은 사막이 될지도 모른다.

아키는 첫 페인트에서 좋은 분들을 만났다. 드문 행운이었다. 녀석은 프리 포스터들에게 실망해 본 적도, 그들을 의

심해 본 적도 없었다. 하지만 아키도 언젠가 알게 될 것이다. 뜻대로 이루어지지 않는 일도 있다는 걸. 이 사회는 우리의 생각보다 더 부조리하니까. 이런 세상에서 나는 아키가 행복했으면 좋겠다.

"그분들에게 아들이 있다고 했지?"

아키가 고개를 끄덕였다.

"그 아들은 태어날 때부터 부모님이 있었으니 아무 대가 없이 무언가를 받는 일에 익숙하겠지?"

눈을 뜨면 식탁에 차려진 아침밥을, 서랍을 열면 차곡차곡 접힌 옷들을, 깨끗하게 손질된 교복을, 늦은 저녁 현관을 열면 풍겨 오는 따뜻한 음식 냄새를 당연한 것이라고, 그는 그렇게 믿을지도 몰랐다. 성인이 되어도 늘 부모라는 이름의 가디들이 곁에 있어 줄 것이라고 말이다.

"항상 감사하는 마음을 잊지 마. 네가 사랑에 목말라하듯, 그분들도 마찬가지일지 몰라."

"형은 이래서 문제야."

아키가 쯧쯧 혀를 찼다.

"그렇게 걱정이 많아서 웬만한 사람들이 부모님으로 보이겠어?"

페인트로 만난 부모와의 인연이라고 해 봐야 고작 서너

번의 면접과 한 달간의 합숙이 전부였다. 그 짧은 시간이 지나고 나면 누군가는 한 부모의 아이가 되고 누군가는 한 아이의 부모가 된다. 그렇다고 해도, 새로운 가족을 이룬다는 건 어떤 보이지 않는 인연이 있기 때문일 것이다. 우리는 더 좋은 부모, 더 능력 있는 부모를 기다리는 게 아닐지도 몰랐다. 그저 나와 인연이 닿는 누군가를 기다리는 것뿐일지도. 탯줄처럼, 신비한 끈처럼 이어진 누군가를 말이야.

"형, 곧 열여덟 살이야. 알잖아, 부모를 못 만나면……."

나는 아키의 입에 쉿, 검지를 가져갔다.

"또 모르는 법이야, 당장 내일이라도 인연이 나타날지."

"형은 부모님의 어깨를 으쓱하게 만드는 아들이 될 텐데, 왜 아직도 여기에 남아 있는지 모르겠어."

"아키, 내가 왜 내 목소리로 이 방의 음성 인식을 등록했는지 이제 알겠지? 네가 나보다 빨리 센터를 떠날 줄 난 알았거든."

아키가 금방 울음을 터뜨릴 것 같은 얼굴로 웅얼거렸다.

"형, 형이 제일 보고 싶을 거야."

보면 되지, 바깥세상에서는 쉽게 할 수 있는 이 한마디가 이곳에서는 거의 불가능했다. 일단 넓은 세상으로 나가면, 분명한 의지가 있지 않으면 만나기 어려울 것이었다. 우리가 차고 있는 멀티워치는 외부인들의 것과는 달랐다. NC 센터 안의 통신망에서만 접속되는 이곳의 멀티워치는 센터를 벗어나면 무용지물이 되었다. 그래서 센터를 떠날 때에는 멀티워치도 반납했다. NC 출신임을 깨끗이 지운 아이들은, 가급적 다시 이곳으로 고개를 돌리지 않았다.

"야, 당장 내일 떠나냐? 아직 절차가 남아 있어. 그 사이에 무슨 변수가 생길지 누가 아냐? 그리고 또 모르지, 노아 그 녀석처럼 너도……."

"아오, 형! 정말 싫다."

"싫으면 빨리 떠나. 더 넓은 세상도 구경하고, 더 많은 사람도 만나고, 원하면 어디든 갈 수 있는 그런 곳으로 가. 아무도 너를 차별하지 않는 그런 세상으로."

녀석이 그렁그렁한 눈으로 입술을 깨물었다.

"사람 그만 들었다 놨다 해."

"……잘 살아라, 나도 이곳도 까맣게 잊어버릴 만큼."

이제 곧 녀석과 헤어진다고 생각하니 뜨거운 것을 삼킨 것처럼 목이 메었다. 그럴수록 웃어야 했다. 슬퍼한다고 달라지는 건 아무것도 없으니까.

그때 팟, 소리와 함께 방 안의 불이 꺼졌다. 어둠 속에서 눈물을 닦는 아키의 모습이 어른거렸다. 적절한 타이밍에 화재 대피 훈련이 시작된 것 같았다. 복도 가득 비상벨이 울려 퍼지고, 각 방에서 쏟아져 나온 아이들의 목소리로 복도가 금세 시끌벅적해졌다.

"아, 귀찮아!"

"이제 몇 번 안 남았잖아. 복도 불 다 꺼졌으니까 잘 따라와. 또 지난번처럼 넘어지지 말고."

나는 멀티워치로 조명을 켰다. 등 뒤로 아키가 바짝 따라붙었다. 삼 개월에 한 번씩 하는 화재 대피 훈련은 비상벨이 울리면 생활관의 모든 불이 꺼지고 복도 가득히 인체에 무해한 훈련용 연기가 차올랐다. 안개 같은 가스라서 숨을 쉬는 데에는 지장이 없지만 시야 확보가 어려웠다. 그러니 멀티워치의 빛과 빨간 비상등에 의지해 할 수 있는 한 신속하게 건물을 빠져나가야 했다. 슬렁슬렁 움직였다가는 가디들의 잔소리가 밤늦도록 이어질 것이다. 스크린을 보던 아이들, 게임을 하던 아이들, 간식을 먹던 아이들이 잰걸음으로 강당으로 향했다. 지루한 안전 교육은 고문과도 같았다. 고문의 강도를 조금이라도 낮추려면 가디들이 요구하는 만큼 빠르게 건물을 빠져나와야 했다. 단 한 명의 낙오자 없이 제시간에 집합해야 곧바로 해산 명령이 떨어질 테니까.

자욱한 연기 사이로 익숙한 목소리가 들려왔다. 연신 구시령대는 말투는 노아가 틀림없었다. 나는 아키를 끌고 노아의 등 뒤로 바싹 붙었다.

"노아."

어둠 속에서 손이 나오자 놀란 녀석이 으악! 소리를 질렀다.

"나야, 제누 301."

"너, 가디들한테 무슨 지령이라도 받았냐? 문제 많은 녀석들 좀 손봐 주라고?"

자기가 문제라는 건 알고 있어서 다행이었다. 내가 누누이 말하지 않았나. 이론을 알고 있다고 해서 삶이 바뀌는 건 아니라고.

"너, 요즘은 내 얼굴 한 대 치고 싶은 생각 없어? 한 대 값으로 블루베리 괜찮은데."

글쎄, 내가 또 언제 리모스룸에 가게 될지 알 수 없지만 그땐 친히 녀석에게 부탁해야겠다.

"됐고, 앞이나 잘 보면서 가."

아이들이 줄을 맞춰 계단을 내려갔다. 대피 훈련을 오랫동안 해 오다 보니 머릿속에 이동 경로가 모두 입력되어 있었다. 우리가 받는 안전 교육은 화재 대피 훈련만이 아니었다. 지진과 홍수, 자동차 사고 등이 발생했을 때 무엇을 어떻게 해야 하는지 숙지하고 있었다. 덕분에 비상벨이 울리면 몸이 자동으로 반응했다.

강당에 도착하자 가디들이 빠르게 인원 파악을 시작했다. 두 명이 빈다는 말에 아이들이 짜증 섞인 탄식을 뱉었다. 또 어떤 녀석들이 흙탕물을 일으키는 건지. 두 명이나 비었으니 오늘도 제시간에 방에 돌아가기는 그른 것 같았다.

가디들이 멀티워치로 이곳저곳 연락을 하고는 곧 황에게 두 명의 부재를 보고했다. 고개를 끄덕이는 것을 보니 두 아이의 위치가 파악된 모양이었다.

"두 명은 지금 감기로 보건실에 있다. 그럼 전원 집합 맞지? 하지만 이번 집합은 지난번보다 무려 오 분이나 늦었다. 오 분이면 불이 얼마만큼 빠르게 번지는지 알고 있겠지? 센터를 떠난 애들도 있어 인원은 훨씬 줄었는데도 집합 시간이 늘어난 것을 어떻게 해석해야 할까."

오늘도 어째 그냥 넘어갈 것 같지 않았다. 황이 마이크를 들었으니 곧 안전에 대해 일장 연설이 시작될 터였다. 저들도 분명 십 대 시절을 지나왔고 어른들의 어떤 모습이 가장 참을 수 없는지 경험했을 텐데, 왜 망각의 강물을 마신 것처럼 똑같은 행동을 반복하는지 모를 일이다. 나도 어른이 되면 똑같아지려나? 아! 잊어버리지 않도록 정신 바짝 차려야겠다고 생각했다.

"괜히 황을 인간 헬퍼라고 하겠냐? 했던 말을 하고 또 하고."

노아가 구시렁거렸다.

"졸려 죽겠는데 정말."

아키도 투덜거렸다. 그 순간 드르륵 강당 문이 열렸고, 단상을 향해 있던 아이들이 일제히 문을 보았다. 강당 안으로 모습을 드러낸 사람은 NC의 센터장, 박이었다.

"가디!"

박에게 뛰어가려는 아키의 뒷덜미를 나는 황급히 움켜잡았다.

"왜 이래, 이거 놔!"

평소라면 그러지 않았겠지만 지금은 상황이…… . 그러나 내가 잡을 수 있는 녀석은 아키 한 명뿐이었다. 벌써 몇몇 녀석이 박에게 안기거나 매달려 있었다. 센터장을 반가워하는 마음은 알지만, 박이 어떤 기분인지 모르잖아. 섣불리 안거나 안기는 짓은 참아 줘야 하지 않을까.

그러나 뛰어드는 아이들에게 두 팔 벌리는 박을 보니, 나도 모르게 안도의 한숨이 나왔다.

나는 박에게 다가가 안겨 있는 녀석들을 떼어 냈다.

"다 큰 녀석들이 징그럽게. 비켜, 떨어져. 막 센터에 도착했는데 얼마나 피곤하겠어? 인사는 나중에 얼마든지 할 수 있잖아."

"괜찮다, 제누 301."

평소에 얼굴에 쉽게 감정을 드러내지 않는 박이었다. 하지만 지금 내 눈에 비친 그의 모습은 어느 때보다 편안하고 홀가분해 보였다. 고되거나 힘든 여정은 아니었던 것 같아 다행이라는 생각이 들었다.

"……잘 다녀오셨어요?"

박의 얼굴 위로 복잡한 미소가 어렸다.

"그래, 내가 너무 오랫동안 자리를 비웠지."

"잘 돌아오셨어요."

나는 단상 위에 서 있는 최를 바라보았다. 가디 전원이 단상에서 내려와 박을 맞이했지만, 오직 최만은 자리에 못 박혀 서 있었다. 먼발치에서도 똑똑히 보였다, 최의 얼굴에 머무는 미소가. 선배, 잘 다녀왔구나. 소리 없이 건네는 인사말도 들리는 듯했다.

매서운 겨울이 한창이었다. 이 추운 시간이 지나면, 홀로그램이 아닌 진짜 초록의 숲이 눈뜨는 싱그러운 봄이 올 것이다.

마지막으로 물어봐도 돼요?

합숙을 끝낸 아이 몇몇이 부모와 함께 센터를 떠났다. 교실은 앞니가 빠진 것처럼 드문드문 자리가 비었다. 모두 좋은 부모들이었으면 좋겠다, 싶은 바람이 간절했다.

"나, 곧 페인트 할 것 같다."

노아가 책상에 걸터앉은 채 심드렁한 목소리로 말했다.

"웬만하면 오케이 해. 이제 곧 열여덟 살이잖아."

나른한 듯 기지개를 켜던 녀석이 내 말에 헛웃음을 쳤다.

"네가 할 말은 아닌 것 같다? 어쨌든 앞으로 난 이럴 생각이야. 부모들이 내 덕분에 정부 지원금을 추가로 받고 연금도 받을 수 있다면, 뭐 그러라지. 그 대신 나는 여자애들도 자유롭게 만나고 VR룸도 마음껏 다니고 그냥저냥 타협하면서 살려고. 무엇보다 이제 페인트도 지긋지긋해. 더 이상 큰 기대는 안 하기로 했다. 프리 포스터들도 나한테 큰 기대는 안 하는 것 같고. 그리고 내가 생각을 좀 해 봤는데 말이야……."

요즘 들어 노아 이 녀석은 무슨 생각이 이리 많은지 낯설게 느껴질 지경이었다.

"또 무슨 생각?"

내가 묻자 노아는 실없이 웃기 시작했다.

"바깥에서 지내보니까, 친부모 밑에서 자라는 애들도 우리랑 별반 다르지 않더라. 부모와 남보다 못하게 지내는 경우도 있고 의견 충돌도 잦고. 부모에게 바라는 거라고는 제발 아침마다 잔소리 좀 하지 마라, 하루에 한 시간 정도는 VR룸에서 보낼 수 있게 해 줘라, 친구하고 비교 좀 하지 마라, 몰래 멀티워치 좀 살펴보지 마라, 뭐 이 정도거든. 한마디로 부모에게 특별히 기대할 게 없단 거지. 그런 부모들이 프리 포스터로 왔다고 생각해 봐. 누가 페인트를 하겠냐? 바로 안녕이지."

노아의 말을 듣고 보니, 우리가 부모를 선택한다는 것은 부모가 아기를 낳는 것과 비슷하다는 생각이 들었다. 누구든 자기 아기에 대해서 엄청난 천재까지는 아니더라도 남들보다는 잘났으면 좋겠다는 마음 정도는 갖고 있을 것이다. 그런 환상이 신기루처럼 사라져 버리기까지는 그리 오랜 시간이 걸리지 않을 것이다. 아이가 학교에 입학하고, 학년이 올라가고, 몸이 자랄수록 부모들의 바람은 더 소박해지겠지. 그저 다른 아이들만큼만 하기를, 그저 건강하기를, 그저 평범하기를…….

부모에 대한 우리의 기대도 이와 다르지 않을 것이다. 적어도 내가 만날 부모만큼은 진심으로 아이를 아껴 주고 경제적으로 풍족하고 지성과 교양을 갖춘, 완벽한 사람일 것이라는 기대. 그러나 몇 번의 페인트를 거치면서 알게 된다. 우리도, 그들도, 조금씩 문턱을 낮추고 어느 정도 타협하는 심정으로 변한다는 것을 말이다.

"야, 그런데 센터장 말이야."

"뭐?"

내가 급하게 묻자 노아는 뭐가 그리 궁금하냐는 듯 나를 살피며 말했다.

"대체 어디를 다녀온 걸까? 여행을 다녀온 거라면 성격상 빈손으로 올 리는 없을 것 같은데. 게다가, 표정이 말이야."

"표정?"

노아가 턱을 만지면서 미간을 살짝 찌푸렸다. 그 모습이 흡사 사건을 추리하는 탐정 같아서 피식 웃음이 나왔다.

"어디 산속 깊은 곳에 있는 기도원 같은 데 다녀온 것 같지 않나?"

내가 대꾸가 없자 노아가 덧붙였다.

"전보다 얼굴이 좀 편안해 보인다고나 할까? 차분해진 것 같기도 하고."

노아가 머리를 긁적였다.

"슬퍼 보이기도 하고 말이야. 딱 한마디로 꼬집을 수는 없는데, 뭔가 분위기가 바뀌었어. 아무래도 여자를 사귄 것 같아."

잘 나간다 싶더니만 이 녀석은 꼭 마지막에 엉뚱한 길로 빠진다. 하지만 노아의 말도 어느 정도 일리는 있었다. 박은 편안하고 차분해 보였다. 한편으로는 슬퍼 보였다. 우리 누구도 박의 마음을 엿볼 수는 없다. 어쩌면 박 스스로에게도 어려운 일인지 모른다. 자기 자신을 솔직하게 마주한다는 건 생각보다 큰 용기를 필요로 하니까. 박의 용기가 과연 그 자신에게 어떤 것을 가져다주었는지 궁금했다. 박이 없는 동안 나는 그의 말을 곱씹어 보고는 했다.

'나를 위해서야. 나를 위해서……'

휴가는 온전히 그 자신을 위한 시간이었을 것이다. 아픈 과거를 겪었지만 끝내 스스로를 놓아 버리지 않았고, 끔찍한 기억이 스스로를 갉아먹도록 내버려 두지도 않았다. 그 아픔을 딛고 자신과 같은 아이들을 사랑할 수 있는 힘을 키웠고, 그 모습을 마침내 당당히 보여 주었다. 당신은 어리고 약한 나에게 잔인했지만 나는 약하고 병든 당신을 짓밟지 않겠다. 당신의 임종을 지키는 것은 내가 당신의 아들이어서가 아니다. 당신과 내가 다른 사람이라는 것을 그 누구도 아닌 나 자신에게 확실하게 보여 주려는 것이다.

물론 박의 생각이 실제로 어땠는지 나는 모른다. 이렇게 생각하는 것은 순전히 나의 작은 희망, 박이 상처받지 않았으면 하는 간절한 마음일 뿐인지도 모른다…….

나는 노아의 어깨에 팔을 둘렀다.

"야, 근데 시작은 기도원인데 결과가 여자면 너무하지 않냐?"

"하긴, 안 봐도 빤하지. 여자와 나란히 걷다가 손이라도 스쳐 봐. 아마 이렇게 말했을 거다."

노아는 큼큼 목을 가다듬었다.

"데이트 첫날에 신체 접촉은 안 됩니다."

나는 웃음을 터뜨리고 말았다. 왠지 박이라면 정말로 그럴 것 같았다.

"혹시 아냐? 오늘 몇 점이었습니까, 하고 물어볼지?"

노아와 한바탕 떠들다가 나는 복도로 나왔다. 창밖으로 하얗게 언 하늘이 펼쳐져 있었다. 곧 눈이 내리려나. 나는 멀티워치로 '상담 신청'을 터치했다. 신청을 받아들인다는 의미로 파란불이 깜빡거렸다.

상담실 문을 열자 박이 보였다. 나는 고개 숙여 인사한 후 맞은편 의자에 앉았다. 늘 그렇듯 박은 의중을 알기 어려운 표정이었다.

"뭐 마실래?"

"아이스커피요."

버튼을 누르려던 박의 손이 주춤했다.

"아이스커피를 마시기에는 춥지 않나?"

"목이 타서요."

잠시 뒤 헬퍼가 들어왔고 테이블 위에 아이스커피와 따뜻한 차가 놓였다. 컵을 건네며 박이 말했다.

"목이 탄다니, 내가 다 긴장이 되는구나."

목이 탄다고 했지만 마음속은 차분하다 못해 이상하게 태연했다. 센터로 돌아온 박을 놀라게 할 말들만 가지고 왔음에도, 나는 알 수 없이 편안한 기분이 들었다.

"너무 일찍 돌아오신 것 아니에요?"

박이 엷은 미소를 지었다.

"내가 없어도 된다는 말로 들려서 서운한걸."

"여행을 하면 여독이 쌓이잖아요. 여독을 풀 시간을 가지시는 게 좋을 것 같아서요."

"센터로 돌아와야 여독이 풀릴 것 같았거든."

네, 어련하시겠습니까. 나는 커피 한 모금을 마셨다. 문밖에서 한 무리의 아이들이 웃으며 지나가는 소리가 들렸다. 아이들이 있는 한 박은 센터를 떠날 수 없을 것이다. 결국 언젠가는 다 떠나보내야 할 아이들인데, 왜 이토록 아끼고 위하는 걸까. 그 지독한 짝사랑을 즐기는 걸까.

"상담은 최와 했던데, 오늘은 어쩐 일로 나를?"

"제 상담 신청이 귀찮다는 말로 들려 서운하네요."

박이 졌다는 듯 양손을 들었다.

"3차 면접에서 거부 의사를 밝혔다고 들었다. 그 프리 포스터들에게 문제가 없다고는 볼 수 없지만, 친밀도 그래프는 꾸준히 상승 곡선을 그렸더구나. 너의 평가 점수도 높았고. 네가 지금까지 면접을 보면서 프리 포스터들에게 그 정도로 높은 점수를 준 적이 없던 걸로 아는데?"

박이 내 마음을 알아내려는 듯 물었다. 내가 상담을 신청한 이유가 바로 그 문제를 이야기하고 싶어서였다. 왜 높은 점수를 주고도 그들을 거절했는지 말이다.

"제누 301, 너답지 않은 결과인 동시에 너이기에 가능한 결과라는 생각이 들었다."

가디의 길고 흰 손가락이 톡톡 테이블을 두드렸다. 생각을 정리할 때 나오는 그의 습관이었다.

"너는 주관이 또렷한 아이다. 가볍게 던진 말 한마디에도 속뜻을 헤아리는 아이지. 그만큼 신중하다는 뜻이고. 알다시피 3차에서 거절을 선언하는 경우는 찾아보기 어렵지. 대부분 합숙을 들어가. 네가 3차 면접까지 갔다는 건 진심으로 신뢰할 만한 사람들을 만났다는 뜻일 거야. 단순한 변심, 혹은 장난으로 거절한 것은 아니라고 믿는다."

나는 박이 나를 꿰뚫어 보고 있다고 느꼈다.

"혹시, 그 프리 포스터들과는 상관없는 이유로 거절을 선택했니?"

네, 졌습니다. 졌다고요. 어떤 말을 해야 할지 머뭇거리다가 나는 입을 열었다.

"맞아요. 그분들은 지금껏 제가 만난 그 어떤 프리 포스터들보다 마음에 드는 사람들이었어요."

박은 차분한 시선으로 나의 대답을 기다렸다.

"그분들이라면 합숙을 해 봐도 괜찮을 것 같았죠."

정적이 내려앉았고, 컵에 맺힌 물방울이 서서히 바닥을 적셨다. 아주 작은 웅덩이가 생겼다. 하나와 해오름을 떠올리자 나도 모르게 쓴웃음이 나왔다.

하나와 해오름은 명령이 아닌 질문과 반성을 할 수 있는 부모였다. 마음과 마음 사이에 일어나는 마찰로 어려움을 겪게 할 사람들이 아니었다. 하나와 해오름은 자신들의 부모에게서 받은 상처와 문제들을 반복하지 않으려고 노력했다. 그것으로 되었다. 두 사람은 부모 준비가 끝난 사람들이었다.

"실은, 제가 좋은 아들이 될 자신이 없더라고요."

"제누, 나는 진지하게 상담을 하고 싶구나."

"제 말이 장난 같으세요?"

내 말에 박이 입술을 움찔거렸다.

"왜 부모에게만 자격을 따지고 자질을 따지세요? 자식 역시 부모와 잘 지낼 수 있는지 꼼꼼하게 따지셔야죠. 부모라고 모든 걸 알고 언제나 버팀목이 되어 줄 수 있을 거라는 환상은 버리라고 하셨잖아요. 부모라고 무조건 희생해야 하는 시대는 지났다고요."

나는 잠시 호흡을 가다듬었다.

"인정한다. 하지만 아이를 사랑하는 진심 어린 마음으로 오는 프리 포스터들도……."

"혜택을 따지는 프리 포스터들이 나쁘다는 게 아니에요. 우리 역시 사회적인 차별을 피하기 위해 부모를 찾는 거니까요. 우리는 다 열세 살이 넘었어요. 오히려 부모와 멀어지는 시기라고요. 가장 예민하고 혼란스러운 시기에 부모를 원한다는 게 무슨 뜻이겠어요? NC 출신에서 벗어나고 싶은 마음인 거죠. 물론 정말 아이를 원하는 프리 포스터들도 있겠죠. 진심으로 부모의 사랑을 원하는 아이가 있듯이."

그게 누군지 아시죠? 나는 박에게 눈으로 말했다. 잠시 침묵이 흘렀고, 나는 말을 이었다.

"서로가 서로의 필요에 의해 살아가는 거, 저희만의 얘기가 아니잖아요. 바깥세상의 가족들이 사랑으로만 연결되어 있나요?"

"……."

"어떤 센터에 생부 생모가 찾아왔다는 얘기를 들었어요. 만약 어느 날 내 앞에 나를 버린 사람들이 부모라는 이름으로 나타난다면……."

"……."

"너무 미울 것 같아요. 나를 버린 사람들이잖아요. 십 년 넘게 찾지 않은 거잖아요. 안 만나느니만 못할 것 같아요. 하지만……."

창밖이 서서히 어둠으로 물들어 갔다. 상담실의 조명이 자동으로 밝아지고 온도가 올라갔다. 테이블에 놓인 차는 완전히 식어 버렸다.

박은 얼마나 아팠을까. 보이지 않는 상처로 얼마나 힘들었을까. 나는 그의 희고 긴 손을 보았다. 나는 커피를 한 모금 더 마셨다. 속이 싸늘하게 가라앉았다.

"혹시 휴가 가시기 전에 다른 가디에게서 저에 대해 보고 받으신 거 없으세요?"

아무리 황이라도 휴가를 떠나는 사람에게 일일이 보고하지는 않았을 것 같지만, 나는 확인하고 싶었다. 역시 박은 모르는 눈치였다.

"저, 리모스룸에서 반성문 썼어요."

박은 살짝 놀란 듯했다. 그러고는 골똘한 얼굴로 생각에 잠겼는데, 무슨 생각을 하는지 알 것 같았다.

"폭력죄로 온 거니, 아니면……."

테이블에 시선을 고정하고 있던 박이 천천히 나를 보았다.

"리모스룸에 오기 위해 폭력을 휘두른 거니?"

이렇게까지 묻는다는 건 굳이 대답하지 않아도 된다는 뜻이었다. 그가 차 한 모금을 마시고 컵을 내려놓았다. 탁, 소리가 좁은 상담실을 울렸다. 박이 나직하게 한숨을 쉬었다.

"만약 후자라면⋯⋯."

박이 나에게 소리 없이 말하고 있었다. 뭔가를 알고 있는 모양이군, 하고.

"죄송해요. 큰 잘못이라는 거 알아요."

생각보다 담담한 박의 반응에 당황한 건 내 쪽이었다. 박의 성격상 소리를 지르거나 매섭게 몰아세우지는 않겠지만, 적어도 어느 정도의 실망감은 드러낼 줄 알았다. 그러나 허탈하게 웃는 그를 보니 복잡한 심정이 되었다.

한 번도 드러낸 적 없는 상처를 보였다는 속 시원함일까? 어쩌면 아버지를 온전히 보내 드렸다는 후련함인지도 몰랐다.

물론 내가 박을 전부 이해할 수는 없었다. 누군가를 완벽하게 이해한다는 건 불가능한 일이니까. 그러나 그가 왜 아버지의 마지막을 지켰는지, 마음으로 느낄 수는 있었다. 만약 외면했다면 결국 아버지와 똑같은 사람이 되어 버리는 것일 테니까. 그는 아버지의 마지막을 함께 보내면서 아버지에게서 벗어났을 것이다.

"그래서 말인데요, 저는 그런 인연 만드는 거…… 자신
없어요."

"무슨 뜻이지?"

나는 박의 눈을 똑바로 보았다.

"앞으로 부모 면접은 일절 거부합니다. 이 시간부로 저에
관한 모든 면접을 중지해 주세요."

"너, 지금 무슨……."

웬만한 일에는 눈 하나 깜짝 안 하는 박이 자리에서 벌떡
일어났다. 그래, 알고 있다, 박이 나를 위해 좋은 부모를 찾
아 주려고 얼마나 노력했는지. 나는 미안했고, 또 고마웠다.

"와, 빠르시네요."

"너랑 대화하다 보면 이렇게 된다."

박도 농담이라는 걸 할 줄 알다니. 그가 어두워진 창밖을
보다가 말했다.

"제누 301."

박이 입을 열었다.

"어른으로서 이런 말, 부끄럽게 생각한다. 하지만 세상은
여전히 보이지 않는 계급으로 나뉘어 있고, 엄연한 차별이
존재한다. 힘 있는 자들은 끊임없이 연약한 존재들을 짓밟
지. 특권 의식을 누리려는 거다. 힘 있는 자들만이 아니다.

힘이 약한 사람들도 그런 특권 의식을 지니고 있어. 자신도 약하면서 자신보다 더 약한 존재들을 짓밟는 거다. 가난한 나라에서 이민 온 사람들, 누구나 기피하는 일에 종사하는 노동자들에 대한 차가운 시선 등이 다 여기에 포함된다. 친부모 밑에서 자란 이들은 국가의 보살핌 속에서 자란 너희들에게 묘한 반감을 가지고 있다. 너는 영리하고 매력적인 아이다. 누구라도 너를 보면 호감이 생길 거야. 그러나 네가 NC 출신임을 밝히는 즉시 사람들은 너를 전혀 다른 시선으로 바라볼 거다. 그건 제누, 너도 잘 알잖아. 이곳에서 부모를 만나지 못한 아이들이 사회에 나가 어떤 불이익을 당하고 차별 속에서 살아가는지."

박의 말처럼 어떤 시대든 차별은 존재했다. 그러나 그 차별과 억압을 조금씩 부숴 나가는 것이 우리가 살아가는 이 사회의 발전이기도 하다.

"사람들이 NC를 차별하니까 우리가 NC 출신임을 속인다는 건…… 근본적인 해결책이 아니에요."

박이 잘 알고 있다는 듯 고개를 끄덕였다.

"너희가 센터를 떠나 좋은 부모와 지낼 수 있도록 돕는 지금의 시스템이 나쁘다고만 생각지 않는다. 너희는 사회를 알아 가야 해. 그러기 위해서는 너희들을 지켜 줄 울타리가 필요하다."

"울타리 밖으로 벗어난 양은 늑대에게 잡아먹히죠."

"······."

"하지만 더 맛있는 풀을 발견할 수도 있어요."

박이 또다시 한숨을 쉬었다.

"NC 출신에 대한 차별을 없앨 수 있는 건, 오직 NC 출신들밖에 없어요."

시간이 지날수록 NC 출신들은 늘어 가는데 사회에서 목소리를 내는 NC 출신은 드물었다. 신분이 바뀌었으니 나설 필요가 없을 것이다. 이를 비난할 수도 없다. 잘 닦인 고속도로를 놔두고 좁고 험한 길을 택하는 사람이 얼마나 있을까. 하지만 찾는 사람이 늘면 언젠가는 좁고 험한 길도 넓고 평평해질 것이다. 시작은 돌멩이 하나를 치우는 일일 것이다. 벌써 누군가는 돌멩이를 멀리 풀숲으로 던지고 있는지도 몰랐다. 뒤에 오는 사람이 걸려 넘어지지 않도록.

"제누, 너는 열아홉 살이 되면 센터를 떠나야 해. 물론 그 전에 여러 직업 교육과 기술 교육을 받겠지만, 그 후로는 너 혼자만의 힘으로 살아가야 한다."

물론, 나도 앞날을 생각하면 두려웠다. 그러나 분명 기회는 있을 것이다. 그것이 기회임을 알아차릴 수 있도록 노력만 한다면 말이다. 나는 아직 세상에 나가 본 적이 없다. 그렇다고 벌써부터 지레 겁먹을 필요가 있을까? 할 수만 있다면 다양한 경험을 해 보고 싶다. 그 속에서 내 안에 있는 또다른 나를 발견할 수 있을 테니까.

"가디."

"......"

"저는 삐딱한 아이지만, 가디를 생각하는 마음만큼은 삐딱하지 않아요. 늘 가디를 믿어 왔어요. 존경했어요."

말하고 나니 부끄러웠다. 하지만 이왕 내뱉은 김에 계속했다.

"그러니 가디도 제 결정을 존중해 주셨으면 좋겠습니다."

박의 눈동자에 인터뷰룸의 불빛이 비쳤다. 박은 마땅한 대답을 찾고 있는 것 같았다.

"생각이 많다고 해서 걱정도 많은 건 아니에요."

나는 가볍게 미소를 지었다. 박은 다시 습관처럼 손가락으로 테이블을 톡톡 두드렸다.

"저, 아직 이곳 생활 많이 남았잖아요. 또 무슨 일이 벌어질지 몰라요. 가디도 마찬가지 아니에요?"

박이 손가락을 주춤했다.

"모르기 때문에 불안하고, 또 모르기 때문에 생각지도 못한 일들을 겪잖아요."

모른다는 것이 꼭 나쁜 일만은 아닌 것 같다. 모르기 때문에 배울 수 있고, 모르기 때문에 기대할 수 있으니까. 삶이란 결국 몰랐던 것을 끊임없이 깨달아 가는 과정이고 그것을 통해 기쁨을 느끼는 긴 여행 아닐까?

박이 톡톡 테이블을 두드리며 물었다.

"나는 네가……."

나는 박의 말에 귀를 기울였다.

"네가 늘 불안했다. 생각이 많은 것이, 생각이 깊은 것이. 실은 오래전부터 예감하고 있었다."

"……."

"결국 네가 이런 선택을 하리라는 걸."

다른 사람도 아닌 박이라면, 분명 예견했을 것이다. 시간이 지날수록 내 마음의 추가 어느 쪽으로 기울지. 나는 박을 향해 환하게 웃어 보였다.

"하지만 여태껏 너를 위한 나와 가디들의 노력이 쓸모없는 건 아니라는 생각이 드는구나."

박이 화답하듯 미소 지었다.

"마지막으로 하나 물어봐도 돼요?"

"……."

"……이름을 알려 주실 수 있나요?"

"센터에서 근무하는 가디들은 성 이외의 이름은 밝히지 않는다."

잊고 말았다, 박이 어떤 사람인지를. 나는 어깨를 으쓱해 보였다.

"그럼 돌아가겠습니다."

문을 향해 돌아서는데 등 뒤에서 박의 목소리가 날아들었다.

"내 이름은 왜 알고 싶지?"

나는 걸음을 멈추고 몸을 돌려 박을 보았다. 속눈썹 너머 눈동자가 어떤 떨림으로 반짝거리고 있었다. 사실 진심으로 박의 이름이 궁금한 건 아니었다. 이름을 안대도 나와 그의 관계가 달라질 것은 없었다. 이름과 상관없이 박은 박이고 나는 나였다. 하지만 오늘, 박은 내가 알던 예전의 박과 느낌이 달랐다. 반의 반걸음, 그 반의 반걸음 정도 가까워진 기분이랄까.

"그냥요. 무슨 이유가 있어야 돼요?"

박은 어느새 다시 감정을 읽기 어려운 예전의 박으로 돌아갔다.

"제누 301, 여긴 센터고, 너는 NC의 아이다."

나는 수긍하는 투로 멋쩍게 눈썹을 긁적거렸다.

"언젠가 네가 이곳을 떠나면······."

"······."

"나는 더 이상 너의 가디도 센터장도 아닐 거다."

희미하게 웃는 박의 얼굴을 보다가 나는 상담실에서 나왔다. 몇몇 아이들이 소곤거리며 무빙워크로 향했다. 페인트를 위한 발걸음일 것이다. 아이들은 또다시 반가움을 과하게 표현하는 프리 포스터들의 홀로그램을 마주할 것이다. 누군가는 이렇게 말할지도 모른다. 나쁘지 않네요. 페인트, 하겠습니다. 또 다른 아이는 이렇게 말할지도 모른다. 저와 맞지 않는 분들 같아요, 죄송합니다. 나는 주위를 돌리보았다.

어쩌면 이곳은 아주 거대한 미래인지도 모른다. 내가 선택한 색깔로 칠하는 미래. 엄마와 아빠를 미리 만나 볼 수 있는 곳. 설령 면접이 성사되지 않아도 상관없다. 페인트를 하는 순간마다 우리는 미래에 갔다 오는 거니까. 새해가 머지않았다. 나는 바깥세상으로 한 발 내디딜 준비를 할 것이다. 열여덟, 아직 태어나지 않은 껑충한 아기가 성큼 계단 위로 올라선다.

작가의 말

    내 유년은 회색이었다. 흰색과 검은색 중에서 검은색이 더 많이 섞인 잿빛 회색. 나의 아이에게는 이런 색을 물려주고 싶지 않아서 노력한다. 하지만 마음처럼 쉽지 않다. 사랑한다, 그저 사랑한다, 꾸준히 말할 수밖에. 나는 나 자신에게도 종종 "괜찮아."라고 말해 준다. 실수하고 실패하고 틀리고 더디 가도, 고개를 끄덕인다. 누군가 내게 왜 소설을 쓰느냐고 묻는다면 바로 이런 이유를 들고 싶다. 유년 시절의 나에게 해 주고 싶은 말이 있어서라고. 늦지 않았어, 지금이라도 하면 돼. 괜찮아, 잘될 거야.

    소설 속에 나오는 것처럼 내 안에도 어른이 되지 못한 아이가 있다. 그 아이와 놀아 주는 일이 나에겐 글쓰기다. 무엇을 얻고 싶은 욕심은 없고 단지 과정을 오롯이 즐길 수 있는 것이 기뻐서, 쓴다.

부모가 된다는 것 또한 마찬가지 아닐까. 자신이 바라는 아이로 만들려는 욕심보다 아이와의 시간을 즐기는 마음이 먼저다. 부모는 되는 것이 아니라 다만 되어 가는 것이다. 아이를 가르치려 들지 말고 아이와 함께 놀고 즐기면 된다. 글쓰기가 늘 즐겁지만은 않듯 근래 들어 아이와의 관계가 삐걱거릴 때가 잦았다. 하지만 맑은 날만 계속되면 세상은 사막으로 변한다.

올해 열두 살이 된 나의 아이도 안다. 엄마가 노트북 앞에 앉으면 완전히 다른 인격체가 된다는 사실을. 그리고 가급적 말을 걸면 안 된다는 사실을. 아이가 내게 '15점'을 준대도 나는 후한 점수라고 생각한다.

나는 좋은 부모일까? 반성에서 시작한 소설이었는데, 정작 글을 쓰는 동안에 아이에게 소홀한 엄마가 되어 있었다. 아이가 이 글을 읽으면 뭐라고 할지 걱정이다. 나를 각각 아내, 엄마로 둔 우리 집의 두 사람은 애초에 나에게 살림과 육아를 기대하지 않는다. 외조와 내조를 병행하는 남편과

자기 할 일은 자기가 알아서 하는 아이가 아니었다면, 매일 방에 틀어박혀 몇 시간이고 키보드만 두드리는 호사(?)는 누리지 못했을 것이다. 미안하고, 많이 고맙다.

언젠가 선생님은 "이야기는 찾아온다."라고 말씀하셨다. 나의 경우 "나는 참 부모 자격이 없구나." 하는 푸념 속에서 제누와 아키, 노아가 찾아왔다. 나보다 더 능력 있는 사람에게 갔다면 훨씬 근사한 이야기의 주인공이 되었을 텐데, 안타깝고 미안하다. 이것은 내가 나의 아이에게 느끼는 미안함과 같은 것이다. 더 좋은 부모 밑에서 자랐다면 더 행복했을 텐데. 그러나 한 가지는 확신할 수 있다. 나를 찾아온 이 생명들을 나는 세상 누구보다 사랑한다.

부족한 글을 선택해 주신 심사위원분들과 청소년심사단께 감사의 인사를 드린다. 말과 글에도 생명이 있다고 가르쳐 주신 선생님, 오랜 글동무들께도 고개를 숙인다. 작품에 대해 함께 고민하고 끝까지 격려해 주신 정민교 편집자님께도 진심으로 감사를 전한다. 이야기를 다듬어 가는 동안 놀라울 정도로 많은 공부가 되었다.

마지막으로, 이 글을 읽어 주신 당신께 말로 다 할 수 없는 감사를 전한다. 당신의 가슴속에도 자라지 못한 아이가 있다. 그 아이에게 한번 말을 걸어 보길 바란다. 생각지도 못한 이야기를 듣게 될지도 모르니까. 그리고 가끔은 스스로에게 괜찮아, 잘하고 있어, 진심으로 격려해 주기를 바란다. 왜냐하면 당신은 정말 괜찮은 사람이니까.

2019년 봄
이희영

양장본을 펴내며

『페인트』를 쓴 뒤 강연장에서 자주 받았던 질문은 이런 것이다. 앞으로 제누는 어떻게 되나요? 제누를 만난 독자들은 하나같이 물었다. 단순한 호기심에서 나온 질문이 아니었다. 진심으로 제누의 앞날을 걱정하는 것이었다. 아무것도 보장된 것이 없는 미래, 황량한 울타리 바깥의 세상은 두려움 그 자체잖아요,라고.

더 이상 꿈과 희망만을 얘기할 수 없는 시대가 왔다. 오늘을 살아가는 모든 이들에게 불투명한 미래는 불안과 두려움으로 엄습해 온다. 이런 현실을 준 기성세대의 한 사람으로서 미안하다.

그럼에도 모두들 한 목소리로 말했다. 제누를 응원한다고, 여봐란듯이 잘 살아 낼 것이라고. 이들은 꼭 자신의 미래를 응원하고 있는 것처럼 보였다.

내가 삶에서 배운 건 길은 결코 일직선으로 나 있지 않다는 것이다. 나 역시 멀리 에둘러 왔고, 골목골목에서 길을 잃기도 했다. 과연 이 길에 끝은 있을까 싶어 주저앉은 적도 있었다. 내가 지금껏 거쳐 온 길, 앞으로 가야 할 길 위에 제누도 올라설 것이다. 쉽사리 해 줄 수 있는 말은 없다. 다만 어떤 길이든, 스스로 원하는 길이라면 틀리지 않았다는 사실을 말해 주고 싶다. 전국의 수많은 제누들과 이 글을 읽는 당신이 가는 그 길이 바로 정답이라고. 묵묵히 자신의 길을 가는 당신들 덕분에 이 사회가 존재하는 거라고.

한 해의 끝, 또 다른 시작점에서
이희영